センセなんか、好きやない！

矢城米花

CHARADE BUNKO

二見シャレード文庫

イラスト——すがはら竜

センセなんか、好きやない!

1

「……麻酔が効いてないうちから傷に触んな、この藪医者《やぶいしゃ》!!」

罵声《ばせい》にナースの悲鳴が重なった。膿盆《のうぼん》やピンセットが派手な音をたてて床に散らばり、メタルフレームの眼鏡《めがね》がリノリュームの床で跳ねた。

診察台の上で上半身を起こしたまま、日名村仁希《ひなむらにき》は、自分がたった今殴ったばかりの医者をにらみつけた。

三十代の後半ぐらいか。

眼鏡が飛んだ時に当たったのか、鼻梁《びりょう》の付け根に小さな擦り傷ができている。それなのに警察を呼べと騒ぐわけでもなければ、殴り返してもこない。

(……くそ、むかつく)

医者は無表情のまま、床に落ちた眼鏡を拾い上げてかけ直した。わずかに青みを帯びて黒色の瞳《ひとみ》は、感情の動きを表さない。深すぎて光が届かない湖を覗《のぞ》き込んだ時のようだ。心の底が見えない。ただ、怯《おび》えていないことだけはわかった。

その落ち着き払った態度が、腹立たしい。

――何もかもが、気に入らなかった。

ドジを踏んで怪我《けが》をしたことも、病院の夜間入口にいた受付職員が、自分と、ついてきた桑山《くわやま》を見て一瞬いやな顔をしたことも。

カーマインレッドに染めて跳ねさせた髪や、両耳にいくつもつけたピアスぐらい、今時当たり前の格好だと思うけれど、そこへ『喧嘩《けんか》相手にナイフで斬りつけられた腕の傷』が加わると、老眼鏡世代の受付にはやたらに胡散臭《うさんくさ》く見えたらしい。

処置室というプレートがついた部屋に通されたあと、出てきたナースはまだ若くて可愛《かわい》い顔をしていたので、少しだけ機嫌を直した。けれども問診を取る口調がいかにも面倒くさそうだったので、反動でさっきよりさらに腹が立った。ついてきた桑山が横からごちゃごちゃと口を出すのがうっとうしく苛立《いらだ》たしく、我慢できなくなって『お前は廊下で待っとけ』と追い出した。

最初に出てきた、大学を卒業したばかりのような若い医者が仁希の傷を見たあと、『僕、あまり縫合をやったことないんだよ。綺麗《きれい》に縫えるかな……外科系の先生、まだ残ってない？』などと呟《つぶや》いて、そわそわし始めたことも不愉快だった。

（ヤンキーと思て、手当すんのがイヤになったんやろ。くそ。下手な縫い方をしたらどつかれるとでも思たんか）

冗談ではない。売られた喧嘩は買うが、自分から喧嘩をふっかけたことは――。

（たまに、あるけど。えーと、エコヒイキしやがった数学の松本《まつもと》やろ、チクリの阿部《あべ》に、バーガー屋の正社員、それから……あれ？　意外と多いな）

ぶん殴ったことが中退するきっかけになった高校の教師。自分のカンニングがばれた時、少しでも罪を軽くしようと思ったのか、仁希を含めた他のクラスメートのカンニングをすべて教師に告げ口したクラスメート。バイトの女の子たちに執拗《しつよう》なセクハラを続け、見かねたアルバイトの自分が止めたら逆ギレした社員など、いることは、いる。

だがどの場合も、仁希なりの言い分があった。群れなければ何もできないチーマーや、自己の規範を持たずに暴れるヘタレヤンキーと一緒にされたくはない。そう見られたことが、腹立たしい。

そもそも、怪我をしたこと自体が不愉快だった。とろくさい桑山と一緒にいなければ、こんな馬鹿な目には遭わなかったのだ。

コンビニへ行く途中で、どこかのチンピラに桑山が因縁をつけられたのが、始まりだった。二対二なら勝てると踏んで誘いに乗ったが、近くの青空駐車場へ移動して乱闘が始まった途端に、何をどう嗅《か》ぎつけてきたのか相手が四人に増えた。

桑山はとろい。重量級の体を生かせば二人や三人相手にできそうなものなのに、気が弱いのか、さっぱりあてにならない。中肉中背の自分の方が、喧嘩上手だろう。

とにかく人数に差ができたのは痛かった。続けても負けるだけだと思い、逃げ出すタイミングを計っていた。だがきっかけを作ろうとして滅茶苦茶《めちゃくちゃ》に暴れたのが、相手を焦らせたのかもしれない。刃物を出されてしまった。そして左腕を切られたのだ。

あのままだと袋叩《ふくろだた》きにされていたに違いない。幸い、近くの住人が通報したのかパトカーのサイレンが聞こえてきた。相手が浮き足立った隙《すき》に駐車場を飛び出し、暗い道路を走って走って、逃げきった。それはよかったが、落ち着いてから腕の傷をあらためてみると、十数センチも切られていた。

桑山がこの近くに確か総合病院があったはずと言うので、そこへたどり着いて——そして今、こうして治療を受けている。

いや、受けているといっていいのかどうか。

医者を殴って治療を中断させたのは、仁希自身なのだから。

最初の新米くさい医者が血だらけの仁希を前に、ぐずぐずと躊躇《ちゅうちょ》するばかりで、何をしていいか決めかねる様子だったので、ナースが気を利かせて別の医者に連絡したらしい。二人目に出てきたのが、今仁希の前にいる医者だった。白衣の胸につけたネームプレートには『外科医長・津賀《つが》』と書いてある。

だが、この津賀という医者が来た時には、仁希の機嫌は最悪になっていた。出血が続く傷口にガーゼを当てただけで何もしてもらえないまま、三十分近くも待たされたのだ。

最初の医者と違って、津賀は手早かった。——手早すぎた。

仁希を診察台に寝かせ、ガーゼを剝《は》がして傷を見るなり、ナースに命じて膿盆や透明な液体が詰まったプラスチックボトルを持ってこさせた。そして、仁希にはなんの説明もなく、いきなり傷にボトルの液体をかけながら、綿球でこすり洗いをし始めた。

痛いどころの騒ぎではない。

今までのあれやこれやが積み重なり、仁希の憤懣《ふんまん》は忍耐の限界を超えた。

そして、津賀の顔をぶん殴ってしまったのだ。距離感を測り間違えたか、あるいは津賀がわずかに動いたせいか、今一つ効かなかった気がするが、銀縁眼鏡は吹っ飛んだ。

「先生！　津賀先生、大丈夫ですか⁉　け、警備スタッフを……‼」

「……いい」

内線電話に飛びつこうとしたナースを制し、津賀は診察台の上で半身を起こしている仁希に問いかけてきた。風邪《かぜ》でも引いているのか、かすれた声だった。

「治療を受けたくありませんか、それとも何か気に入らないことが？」

「何かとちゃうやろ！　血ィだらだら流して病院へ来てんのに、受付でいやな顔されるし！　ガーゼ当てただけで、なんにもせんと長い時間待たすし！　おまけに説明もなしで傷口わしゃわしゃこすられて、誰がニコニコしてられるか‼」

「なるほど」

津賀は軽く頷《うなず》いた。殴られたせいで目元に落ちかかった前髪を指で直す。

「縫う前に傷口を洗わないと、中に雑菌が残って化膿することがあります。多少痛みますけれども、この過程では通常、麻酔は使いません。局所麻酔は効いている時間が短いうえ、注射できる量にも制限があるので、どうしても必要なら麻酔しますが、洗浄の前から使うと、いざ縫う時になって効果が切れるかもしれません。……この説明で納得してもらえましたか。よければ、もう一度傷を洗浄し、そのあと麻酔して縫います」

感情の感じ取れない平板な口調だったが、内容はわかりやすい。ふん、と鼻を鳴らして仁希は文句を言った。

「最初から、そういうふうに説明したらええやんか。イン……インなんとか、コンセプトてあるやろ」

「インフォームド・コンセント?」

「そう。それや」

答えて仁希は横を向いた。

さっきに比べれば、怒りはかなり冷めた。それなのにまだ胸がもやもやするのは、暴力を振るわれても落ち着き払っているこの医者に、ともすれば気圧《けお》されそうになるからだ。津賀が処置室に入ってきた時から、一八〇センチを超える長身に見下ろされて、威圧感を覚えていた。薄いレンズ越しの怜悧《れいり》な眼差《まなざ》しに見据えられると、気分が落ち着かなくなる。

(……苦手なんや。こういう『クールで有能』みたいなタイプは)

成績がよくて金がなければ、医者にはなれないはずだ。大阪から引っ越してきて環境になじめないまま高校を中退して家出中、金もなければ目標もない自分と比べると、あまりにも違いすぎて反感を持たずにはいられない。

「説明もせんと勝手に人の傷を触るから、むかつくんや」

「失礼しました。昔の事故で声を出しにくいもので、つい言葉を惜しんでしまう」

かすれた声は風邪のせいではなかったらしい。

「納得してもらえたら、もう一度診察台に横になってもらえませんか。まだ出血が続いていることだし。ここで治療を受けたくないということなら、他の病院を探してもらうしかありませんが」

「う……」

津賀に気を取られて、自分の怪我のことが頭から飛んでいた。じんじんと熱を持って疼《うず》いている。今更また別の病院を探すのも面倒くさい。

「そしたら、さっさとやってくれ」

ふてくされた口調で言い、仁希はもう一度診察台に身を横たえた。

「もう一度洗浄する。生食五〇〇」

ナースに呼びかけるかすれ声が聞こえた。診察台のそばへ椅子《いす》を引き寄せた津賀と、目が合った。

視線を逸《そ》らしたのは、仁希の方だった。

(殴ったんは、まずかったかもしれへん。ていうか……相手、間違うたかも)

津賀に対しての怒りは、それほど大きくなかった。今まで溜《た》め込んだものが爆発した、その先にたまたま津賀がいただけだ。八つ当たりといってもいい。

(このセンセを殴ることはなかった、な……)

心の底に、負い目に似たものがにじみ出す。だが詫《わ》びる言葉はどうしても口から出てこなかった。


「お大事に。支払いは向こうの受付になります」

不機嫌を隠せないナースの声に送られて処置室を出ると、廊下で待っていた桑山が飛びつくように近づいてきた。

「大丈夫か、大丈夫だったか!? 中で怒ってただろ、仁希! 声が聞こえて心配だったんだけど、入っていったら余計に仁希が怒りそうで……痛いことされなかったか!?」

「うざいなァ! 耳元でぎゃいぎゃい言うな!」

「ご、ごめん……」

大きな体を縮め、卑屈な上目遣いで謝る桑山に、仁希は舌打ちした。背を向けて歩き出す。

（……なんでこんなヤツの部屋へ転がり込んだんやろ、オレ）

桑山とは、友達の友達程度の知り合いにすぎなかった。

四日前、それまで同棲《どうせい》していた女と喧嘩になり、

『文句があるなら出てって。ここ、あたしの部屋だし』

『おぅ、出ていったる。お前みたいな女と、これ以上一緒に住めるか！』

と売り言葉に買い言葉でマンションを飛び出した。

飛び出したものの、金はない。家出して一年近くにもなるのに今更親元へは戻れないし、戻りたくもない。

どうしたものかと思いながら街をうろついていたら、桑山に声をかけられた。不機嫌の理由を問われて事情を話すと、自分の部屋へ来ればいいと言われた。

ありがたいはずの申し出を聞いても、すぐに飛びつく気になれなかったのは、図体に似合わない桑山のうじうじした物言いと、下手《したて》に出ているふうに見せて隙を窺《うかが》うような上目遣いが、好きになれなかったせいだ。秋の夜の俄雨《にわかあめ》が降ってこなければ、他の誰かを当たろうと考えて断っていたかもしれない。

地方から出てきて専門学校に通っているという桑山は、２ＤＫのマンションに住んでいた。今まで仁希が泊まり歩いてきた部屋に比べると、格段に広くて居心地《いごこち》がよさそうだった。ただし『桑山本人さえいなければ』である。

（こいつ、うざいねん）

居候の言うことではないかもしれないが、とにかく粘着質にしつこいのだ。

桑山は家賃も生活費も小遣いも、すべて親からの仕送りですませているらしい。アルバイトはしていないし、専門学校はもとからさぼってばかりのようだ。最初のうちは桑山につき合って部屋でＤＶＤを見たり、ゲームをやったりしていたが、だんだん飽きてきた。

かといって仁希が外へ出ると言えば、必ず一緒についてくる。

ゲームセンター、クラブ、ファーストフードから居酒屋まで、どこへ行っても支払いはすべて桑山がしてくれる。ありがたいようなものだが、それ以上にうっとうしい。アルバイトが見つかって金が入ったら、絶対返そうと決めている。奢《おご》ってもらって気持ちよくなれるタイプではないのだ。むしろ借りを作ることへの不快感が先に立つ。

以前自分に桑山を引き合わせた友達が、『気前がいいんだ、こいつ。……そんで、すっげえ人なつこい』と微妙な笑顔でつけ加えた意味がよくわかった。

（あいつも、つきまとわれてイヤになってたんやろな。……今日も、コンビニへビール買いにいくくらいのことで、『どれがいい、何本ほしい？　もし売り切れてたらどうする？』とか、ぐだぐだぐだぐだ訊《き》きやがって）

面倒くさいから自分が買いにいくと言えば、やはり一緒についてきた。そのあげくに桑山が人にぶつかったせいで喧嘩沙汰《ざた》に巻き込まれ、腕を切られた。

（いつまでもこいつの部屋には住んでられへんな。イライラしてしゃーない。バイト探して金を稼いで……けど、手が治らんと無理か）

手の怪我がなくても、高校中退、家出中、資格も特技もなしではなかなか仕事は見つからない。逆にこんな条件の自分を簡単に雇ってくれる仕事は、あらゆる意味で危険だ。喧嘩なら引かないが、犯罪には関《かか》わりたくない。

（しょうもないとこで粋がってアホなことしたら、祖母《ばあ》ちゃんが泣いて怒るもんな）

考えている仁希に、斜め後ろを歩く桑山が遠慮がちに声をかけてきた。

「仁希、支払いはあっちだって。早く帰ろう」

「オレ、保険証も金も持ってないぞ」

「何言ってんだよ。そんなのオレが払うに決まってんじゃん。心配しなくていいよぉ」

「……サンキュ」

邪険すぎたかと気が咎《とが》め、礼を言った。が、その途端に桑山の顔に浮かんだ満面の笑みはねっとりとして、どうにも気持ちが悪く、言うんじゃなかったと後悔しながら目を逸らした。

仁希が出ていったあとの処置室で、手を洗っている津賀に看護師が話しかけていた。

「津賀先生が残っててくださってよかったです。本当に助かりました」

「筋膜には達していなかった。内科系でも、あの程度の傷なら縫えるはずだ」

「石野《いしの》先生、全然頼りにならないんですもの。津賀先生の治療を横で見て勉強するかと思ったら、いつのまにかいなくなって……」

「やる気のない研修医ならいない方がましだ。気が散る」

辛辣《しんらつ》な言葉に看護師は肩をすくめた。しかし津賀の鼻梁についた傷を見て、機嫌が悪くて当然だと思い直したのかもしれない。

「大丈夫ですか、先生。……あんな不良、警備員を呼んで追い出した方がよかったんじゃありませんか？」

「騒ぎになれば、事情の説明や報告書作成で結局余計な時間を取られる。おとなしくするよう言い聞かせて縫って、帰らせた方が早い」

「殴られたのに、すごく冷静でしたよね、先生。腹が立ちませんでした？」

「騒ぎを大きくするより、さっさと片づけたかった。……あとを頼む」

「はい。お疲れさまでした」

看護師の声に送られ、津賀景一郎《けいいちろう》は処置室を出た。廊下の角を曲がった向こうから、さっきの患者の声が聞こえてくる。

津賀は眼鏡を押し上げ、口の中で呟《つぶや》いた。

「日名村仁希、か……腹が立たないわけがないだろう」

本来は当直ではなかった。夕方に手術をした担当患者がいたので、術後経過が安定するまでと思って居残っていただけだ。そばに貼《は》りついていてもしょうがないので、医局へ戻って文献に目を通していたら、夜間外来から応援要請があった。頼りない若手の医師が当直で急患に対応しきれないと、しばしばこういうことがある。

もう一度病棟へ上がって、患者の様子をチェックしてから帰ろうと思い、エレベーターホールへ行った。ボタンを押して、エレベーターが下りてくるのを待つ。

ドアが開いた。

と同時に、中から白衣の人影が急ぎ足で出てきた。手に持った携帯電話を見ている様子だ。体を引いてよけようとしたが、相手は真《ま》っ直《す》ぐ前へではなく、斜めに進もうとして、急に体の向きを変えた。よけきれずに肩が当たった。

「気をつけろ！　エレベーターでは降りる者が優先じゃないか！」

怒り肩をさらに怒らせてどなったのは、整形外科の病棟医長、長谷川《はせがわ》だった。

すみません、ぐらいは言うつもりでいたのに、頭ごなしにどなられてその気が失《う》せた。

降りる者が優先には違いないが、自分は一歩下がった場所に立っていたし、進路を譲ろうと体を引いた。メールに気を取られていた長谷川が、前を見もせずに向きを変えなければ、ぶつかってはいない。

ちょっとお灸《きゅう》を据えておいてもいいかもしれない。幸い、材料はある。

「失礼しました。ですが長谷川先生も、外へ出る時はよく周囲をご覧になった方がいいと思いますよ」

皮肉を込めて、敬語を使った。エレベーターの中へ入りながら、背を向けた長谷川に、続きの言葉を投げかける。

「エレベーターならまだしも、ラブホテルから女性と一緒に出てくる場合は特に。最近は皆、カメラつき携帯を持っていることですから」

「！」

皮肉を利かせて笑ってみせた。

「待っ……」

泡を食って何か言おうとした長谷川の前で、エレベーターのドアが閉まった。上がっていくケージの壁にもたれ、津賀は一人笑った。

長谷川には、大学教授の口利きによる見合い話が持ち上がっているという噂《うわさ》だ。ここのような関連病院を回って腕を研《みが》いたあと、大学病院へ戻って講師、助教授、教授と進む出世コースを夢見ていることだろう。整形外科医としての技量は悪くないらしいし、実現の可能性は充分ある。ただしそれは、教授の機嫌を損ねなければの話だ。

（本当に写真を撮っておけばよかった。面白いことになったのに）

人妻風の女と長谷川がホテルから出てくるのを見かけたのは、一ヶ月ほど前だ。あの慌てぶりでは、まだ関係が続いているのかもしれない。

(長谷川先生でなければ、もっと別のいじめ方もあるんだが……)

外科系の医師は内科系に比べて荒っぽいとよく言われる。中でも整形外科は特別だ。体育会系の雰囲気があまりにも濃い。長谷川にはその傾向が特に強かった。騒々しくて無骨で、自分より一年でも下か上か、つまり後輩か先輩かでがらりと態度を変える。

(がさつな奴は嫌いだし、それ以上に見た目がな……あれではダメだ)

がっちりした体格や猪首《いくび》には興味をそそられない。むしろ嫌悪感を覚える。男でも女でも、もっとしなやかで細身の体つきが津賀の好みにかなうのだ。気が強ければさらにいい。たとえば――自分を殴った、あの少年のような。

津賀は苦笑した。

(腕の傷では、明日からのガーゼ交換は整形外科へ行くだろうな。すれ違いか。……まあ、いい。『自分が縫った傷だから気になる』という口実を使う手もある)

窓の外の夜空には、メスの刃先に似た光をたたえた月が光っていた。

それから一週間ほどがすぎた夜だった。マンションの一室で、仁希は桑山をどなりつけていた。

「……ええ加減にせェ！　お前はオレのオカンか!?」

桑山という男のうっとうしさは、日一日と増した。

外へ出かけると言えばついてくるし、部屋にいればひっきりなしに話しかけてくる。腹を立ててどなりつければ泣き出す。それも男らしい号泣ではなく、辛気くさくしゃくり上げては、そろそろ許して慰めてはくれないかというように、何度もこちらを盗み見る。

いい加減嫌気がさしていたところへ、今日、桑山が仁希の携帯電話を見ていたことがわかった。しかもどうやら、勝手にメールを消した気配がある。

「人のケータイを開けてチェックなんかなぁ、オカンでもせェへんぞ！」

「ち、違う。たまたま、目の前に置いてあって、着メロが鳴ったから……気になって、見てみただけで……」

「嘘《うそ》つけ！　おかしいと思てたんや、この部屋に寝泊まりを始めてから、全然メールが来ない。パチキン……お前も知ってる武田《たけだ》や。あいつなんかそれまで、どうでもええようなメールを一日に四、五回送ってきたぞ。お前、消してたやろ！」

「違うって……そんなに怒らなくてもいいじゃないか、仁希ぃ……」

「それやったらパチキンに電話して訊こか。今までオレにメールしたかどうか」

なおも問いつめると、桑山は返事をしないまま落ち着きなく視線をさまよわせた。その態度が、何より雄弁な答えだ。

仁希は舌打ちをした。行き場がないのとアルバイトが見つからないことから、ずるずると居座っていたが、もっと早く出るべきだった。

桑山はローソファーに座ってうなだれ、手の指を何度も組み替えている。

もう一度舌打ちをして桑山に背を向け、仁希は部屋の隅に歩み寄った。テレビの横に置いてある、くたくたになったショルダーバッグが唯一の荷物だ。

「世話になったな」

「ち、ちょっと仁希！　どこへ行くんだよ!?」

「出ていくに決まってるやろ。人のケータイ覗いてメールを消すようなヤツと、これ以上一緒に住めるか」

「だって行くあてがないんだろ!?　なあ、もうしない。もう絶対にメールを消したりしないから、ここにいてくれよ！　仁希が面接に行ったバイト先に『万引き癖があるから雇わない方がいい』っていう電話を入れたりもしないから！」

「お前……何をしてるんや！」

道理で、面接時は好感触だったアルバイト先から、突然断られたはずだ。

病院の治療費も携帯電話の料金も、桑山が『いいよいいよ』と払ってくれた。手持ちがないのでついつい世話になっていたが、仕事が見つかって給料が入れば返すつもりだったのだ。

それなのにバイト探しを妨害されていたと知った今、感謝の念は綺麗さっぱり消え失せた。

こんなヤツとは、同じ空気を吸うのもいやだ。

無言で背を向け、玄関へ向かおうとした。

「いやだ仁希、待ってくれったら！」

「ぐえっ!!」

後ろからタックルされた。中肉中背の仁希に比べ、肥満体の桑山は重量級だ。持ちこたえられるわけがない。仁希は顔から床に落ちた。

打った鼻を押さえ、自分の背中に覆いかぶさっている桑山を振り返って、にらみつける。

「お、おのれは……マジで殺すぞっ！」

表情と口調から、本気で怒っていることがようやく伝わったらしい。桑山がうつむき、呻《うめ》くように言った。

「本当に、出ていくつもりなんだ……？」

「さっきから言うてるやろ！　いつまで乗ってるんや、さっさとどけ!!」

だが桑山は仁希の上に乗ったままだ。上げた顔の中で、ドングリのような小さな眼《め》が異様な光を帯びている。

「じゃ……じゃあ、出ていく前に一回だけ、ヤらせて」

「……ハァ？」

仁希は固まった。桑山の言葉の意味を理解できなかった――というより、脳が理解することを拒否した。

（やる、て……ジャンケンとか対戦ゲーのはずないな。えーと、要するに、えーと……）

のんきに固まっていられる状況ではなかった。一度口にしてしまうと踏ん切りがついたのか、桑山が荒い息を吐いて仁希のウエストに手を回してくる。

「な、な、な。頼むからヤらせてくれよ。一回でいい、一回でいいから」

「あ……アホかーっ！」

何が哀《かな》しくて、男に犯《や》らせなければならないのか。しかもよりによって桑山などに。

「どけっ！　どけ、言うのに!!　何考えてるんや、ボケ！」

自分を組み敷いている桑山をはねのけようと、仁希は必死で暴れた。だが力士のような桑山の体は、重すぎる。全身を使って押さえ込まれては、文字どおり手も足も出なかった。

「あああ、うろたえてるよぉ。仁希が……仁希がオレの下で、もがいちゃってるよぉ。すげえ、夢みたい。しちゃっていいよね、ね？」

「キショイこと言うなっ！」

総毛立った。

身長一七〇センチは、今時の男としては長身とはいえない。女っぽい顔だとは思わないが、いかつくもない。

だが、だがしかし、断じて自分は『女』扱いされるような行動をした覚えはない。はっきり言って、桑山より自分の方が喧嘩は強いのだ。大柄な者に比べてパワーには欠けるのを、敏捷《びんしょう》さで補っている。図体こそ大きくても鈍くさい桑山を、何度も助けてやった。

「仁希、オレのこと何回も助けてくれたじゃん。オレのこと好きなんだろ？　ずーっとオレの部屋に泊まってるし、メシも作ってくれたし。オレの前で平気で服脱いで風呂《ふろ》入ったり。オレに見せつけてたんだろ？」

「違うーっ！　どっからそんな発想が出てくるんや!?」

部屋に転がり込んでいる義理で助けただけだし、料理や掃除は単に家賃の代わりとして労働力を提供したにすぎない。男同士で、誰が着替えや風呂に気を遣うものか。

ただし最近、風呂上がりや寝起きの自分を見る桑山の目に、粘つく気配を感じてはいた。なんとなくいやな気分になり、目の前で着替えたりしないようにしていたが、まさか、こんな下心を持たれていたとは。

「いいじゃん、させてくれても。ケータイ料金とか病院代とか、全部オレが払ったんだよ？」

「恩に着せんな、アホ!!　バイト探しの邪魔したんは、お前やないか！」

「バイトなんか行かなくていいってば。ずーっとここで、仁希は飼い猫みたいに……」

「やめェ、キモイ!!　放せ……うわっ!?」

手探りではうまくベルトを外せないのか、桑山は仁希の体を仰向《あおむ》けにした。

「放せって！　オレはそっちの趣味はないんや！　しばくぞ!!」

わめいても、桑山が耳を貸す気配はまったくない。生暖かい息が顔にかかり、鳥肌が立った。腿《もも》のあたりにこすりつけられる、熱く硬い感触が、余計に嫌悪をそそる。

（マジか⁉　こいつマジで……冗談やない、誰がこんなアホに！）

ふと、下半身にかかっていた重みが消えた。桑山が腰を浮かせたせいだ。暴れる仁希のベルトを外してジーンズを下ろそうと思ったらしい。

チャンスだ――と思うより早く、右脚が動いた。

力任せの膝蹴《ひざげ》りを食らわせた。

「ぎっ……‼」

妙な声をこぼし、桑山が自分の上から転がり落ちた。両手で股間《こかん》を押さえ、蛙《かえる》のように床の上を跳ね回っている。

床に落ちていたショルダーバッグをつかみ、スニーカーを突っかけて、仁希はマンションの廊下へ飛び出した。金的蹴りが効いたのか、桑山が追ってくる気配はなかった。


ほんの数日でいい。誰か友達のところへ転がり込むつもりだった。

だがその見通しは甘かった。友達の武田に電話をかけたら、即座に、

「桑山から電話がかかってきたぞ。お前が来てないかって」

と言われてしまったからだ。

「マ……マジで？」

「マジ。声がうわずってさぁ、『見つからなかったら捜しにいく』とか言ってた。来てほしくねえなー。あいつ、金回りはいいけどウゼェもん。ダチがいねーから、ほんのちょっとでも親切にした相手にはベッタリなつくだろ？　リカが言ってた。落とした荷物を拾うのを手伝っただけで、気があるって勘違いされて貼りつかれて、すげー迷惑したって。ストーカー並みのしつこさだよ」

「そういう話は先に教えといてくれ……」

仁希は呻いた。知っていたら絶対に桑山の部屋に居候などしなかったのだ。

今いるのは、どことも知れない大通り沿いの、小さな児童公園だった。とはいえ、時刻が遅いので子供の姿はない。

ベンチに座り、前の道路を走りすぎる車を眺めつつ、まずは武田に連絡してみた。襲われたことまでは言えなかったが、桑山にメールを消されたりアルバイト探しを邪魔されたため、喧嘩して部屋を飛び出したと説明したところ、武田の口調が心配そうなものに変わった。

「仁希。それってデンジャラスじゃね？　お前、桑山にケータイ見られたんだろ。登録してる相手のナンバー、全部知られてンじゃん」

「うっ……」

「桑山はしつこいぞ。リカは、カレシとその仲間に頼んで、桑山をつかまえてボコボコにして脅しまくって、やっと追い払ったってよ。それでもまだ時々メールが来てたとかって……十日ぐらい前からそれが止まって、ホッとしてたらしいけど」

「それ、オレがあいつの部屋に泊まり始めた時期や……」

「新しいターゲットにロックオン、だね」

「いやな言い方すな！」

「だってあいつ、バイじゃん」

「……そやから、そういうことは先に教えとけ！」

「え？　知らなかった？　うわ……お前、もしかして犯られ……」

「されるかァ!!　しょうもない噂ばらまいたら、マジでしばくぞ！　蹴り倒して逃げた！」

「でも危ねーよ。お前しばらく、ケータイに登録してた知り合いのとこには、近づかない方がいいって。なじみの店なんかも。……あいつ、暇だもんな。飽きるまで捜し回るんじゃね？　見つかったら、またつきまとわれるぞ」

武田の言うとおりだ。

誰かの手を借りなければ桑山を完全に追い払うのは難しい。しかし協力を頼めば、今度はそちらに借りを作ってしまう。これはこれで困る。

電話を切った仁希は、バッグから財布を出して中身を調べてみた。千円札二枚と、残りは小銭で五百円にも満たない。これだけが全財産だ。乏しすぎる。漫画喫茶やネットカフェで時間をつぶせないことはないが、実行したら明日の食費さえなくなってしまう。

携帯電話に登録している相手に近づけないというのが痛い。泊めてもらいたくても、めぼしい知り合いが全滅だ。

財布を元通りショルダーバッグへ入れて、仁希は深い溜息《ためいき》をついた。

(とりあえず今夜はここで、野宿かなぁ)

ベンチ以外には砂場とすべり台、ブランコがあるだけの、小さな公園だ。浮浪者がいないのは狭すぎるためだろう。そのままベンチに寝転がった。一晩くらいなら風邪を引くこともあるまい。

(あ、飛行機……)

赤いライトが三つ、点滅しながら西の方角へ飛んでいく。大阪へ行く便かもしれない。

(……何してんのやろ、オレ。行き場なくして、こんなとこで野宿て。祖母ちゃんが見たら、おもっきし怒られるとこや)

自己嫌悪と郷愁と孤独にさいなまれ、仁希は溜息を一つこぼした。

その時、聞き覚えのあるかすれた声が、耳に届いた。

「……なぜガーゼ交換に来なかった?」

仁希は跳ね起きた。児童公園の入り口に、スーツを着た長身の影が立っている。

「あんた、病院のセンセ……」

自分が殴ってしまった、津賀という医者だ。

津賀は大股《おおまた》に公園の中へ踏み込んできて、仁希のいるベンチの前に立った。

「ガーゼ交換に来るようにと言っておいたはずだ。一昨日《おととい》思い出してカルテを見てみたが、一度も来ていないだろう。それとも他の病院へ行ったのか?」

確かに、縫ってもらったあと、『病院へ毎日消毒に来るように』と言われた。が、仁希はその言いつけを守らなかった。

最初の一日だけは行ってみた。しかし混んでいる総合病院の常で、一時間待っても名前を呼ばれる気配がなかったので、嫌気がさした。自分一人なら週刊誌でも読んで我慢できたかもしれないが、例によってくっついてきた桑山が、横からごちゃごちゃ話しかけてくるので、場所を変えたくなった。それでなくても病院というのは気が滅入る場所だ。

放置していて傷口が妙に痒《かゆ》くなってくると、今度は、どうなっているかを見るのが怖くなった。

仁希が黙っていると、津賀はあきれたような溜息をついた。

「もしかして、ほったらかしか? もう一週間以上になるだろうに」

「病院の時と、喋《しゃべ》り方が全然違うやないか」

「プライベートタイムはこんなものだ。それより本当に放置していたのなら、早く傷の状態を確かめた方がいい」

「……」

「傷が蒸れると、細菌感染を起こしやすくなる。縫った部分から膿《う》んでくるぞ。糸が通っている穴の奥、真皮層の中に濁った黄緑色の膿《うみ》が溜まって、それが下の脂肪層に入り込むんだ。人間の皮下脂肪というのは黄色い脂肪粒が集まっていて、見た目は……そうだな。茹《ゆ》でたスイートコーンにバターをからめたような……」

「だぁあああっ！　言うなー!!　バターコーン食えんようになるやないかー!!」

仁希は絶叫し、両手で耳を押さえた。津賀の淡々とした話しぶりが、科学番組のナレーションのようで、逆に生々しい想像を煽《あお》る。

「金がなかったんや、保険証ないし！　痛かったら行く気にもなったけど、そうでもなかったし!!」

「大声でわめかない方がいい。近所の住人に警察を呼ばれてもいいのか？」

仁希は慌てて口をつぐんだ。警察とは相性が悪い。

津賀が視線で、道路に停《と》めてある黒っぽいBMWを示した。

「うちに来るなら、手当してやろう。抜糸できる程度の道具ならある」

当惑して仁希は津賀の顔をまじまじと眺めた。何しろ、この前は八つ当たりで殴っている。

優しくされる心当たりはない。

「なんでや」

「何がだ？」

「オレなら、いきなり八つ当たりで殴るような相手……手当する気は起きへん」

「……あれは八つ当たりだったのか」

「うっ！　いやっ、あの！」

「病院でも、よく患者やその家族から説明が足りないと苦情を受ける。喉《のど》が悪くて声が出にくいことは言い訳にならない。殴ってきたのもてっきりそのせいだと思っていたんだが……まあいい。それよりどうするんだ？」

「どうする、て……」

「医者だからな。自分が縫った傷がどうなっているかは、気にかかる。金を取るとは言わない。それに今、ここで野宿しようとしていたんじゃないのか？　一人暮らしだから、一晩ぐらいなら泊まっていってもいい。長くは無理だが。……来たければ、来い。どうするかはお前の判断に任せる」

それだけ言って、津賀は仁希の返事を待たずにきびすを返した。

（確かにこのセンセの家なら、桑山に見つかる心配はないと思うけど……）

あの日の津賀は、自分がぶん殴ったあとも冷静な態度を崩さず、淡々と治療を続けた。職業意識が高いのだろう。自分が縫った傷が気にかかるという理由で声をかけてくれるのは、ありそうなことだ。

　こちらの機嫌を取ろうとしないぞんざいな言葉遣いと、ごり押ししない態度が、逆に仁希の心に信頼感を芽生えさせた。

　津賀は児童公園を出て、停めた車の方へと歩いていく。

「待ってくれ！」

　背中に呼びかけ、仁希はあとを追った。

「悪いけどオコトバに甘えさして。傷の手当と、それから、今晩だけ泊めてくれるか」

「いいだろう」

　短く答え、津賀はドアのロックを開けた。

　その顔に浮かんだ笑みがどういう種類のものかは、仁希の位置からは見えなかった。


「……おい！　なんや、その原始的な殺菌の仕方は⁉」

　リビングスペースのソファから、仁希はどなった。キッチンに立った津賀はガスレンジに点火し、鋏《はさみ》の先をあぶっている。

「勤務医が自宅に本式の医療器具を置いているものか」

「ここは野戦病院か……」

「家庭用の救急箱で充分役に立つ。鋏も攝子《せっし》も、消毒液と滅菌ガーゼもある。だが抜糸のための道具は完全滅菌した方がいい。消毒液よりは、焼く方が確かだ。……仕事を増やすようなことはしないから、心配するな。寝転んで、腕をテーブルに乗せていろ」

津賀の家は、夜になるとぱったり人通りが絶えてしまうような高級住宅街にあった。高い石塀をめぐらせた二階建ての家は、外観だけでも一人暮らしにしては広すぎると見えた。玄関を入って通されたのは、二十畳以上はありそうなＬＤＫだ。

最初にガーゼを剝《は》がして傷をあらため、これなら糸を抜いても大丈夫だろうと津賀は言った。それで野戦病院のような抜糸準備となったわけだ。

待っている間の所在なさに、仁希は部屋の中を見回した。

家具はどれも上質な物らしく、仁希が見慣れた、木目を印刷した紙を貼ってごまかしたような安物は、一つも見当たらない。

だがダークブラウンのフローリングにはうっすら埃《ほこり》が溜まっているし、センターテーブルの下には新聞やダイレクトメールが雑然と突っ込んである。鉢植えの観葉植物がいくつか置いてあったが、どれもこれも枯れかけて、元気そうなのはサボテン一鉢だけだった。

メタルフレームの眼鏡が似合う鋭角的な横顔は、一見神経質そうに見えるのだが、実は相当大雑把な性格なのかもしれない。

（オレの祖母ちゃんが見たら、正座で説教やな。枯らすような可哀相《かわいそう》なことするんやったら、最初から買うな、て。そのあと監視つきで家中の掃除やで。……まあ、医者は忙しいていうし、一人暮らしで手ェ回れへんのかな？）

　傷の手当さえきちんとしてくれたら、文句はない。

　戻ってきた津賀は、テーブルを挟んだ向かい側に座った。さっき言われたとおり、仁希はソファに寝て、ポリ袋を敷いたセンターテーブルに左腕を乗せた。消毒液の冷たさのあと、しゃき、と鋏を使う音が一回だけ聞こえ、傷の部分の皮膚が引っ張られる感触があった。

「……終わったぞ」

「へ？　もう？」

「連続縫合といって、一本の糸で波縫いにしてあるんだ。片端を切って引っ張れば抜ける」

　縫った痕《あと》は、細い赤い線になって残っている。

「魚の骨みたいな縫い方とちゃうんやな」

「この方が傷が目立たない。待て、まだ動くな。防水スプレーをかけておく」

　プラスチックスプレーを噴霧してガーゼを置き、包帯を巻いて処置は終わった。

「包帯は念のためだ。一晩たてば、ほどいて腕を水に濡《ぬ》らしてもいい」

「フツーに風呂へ入れんの？　うわ、よかったァ。最初に言われて、風呂入る時はずーっとポリ袋で包んでたんや。ムッチャめんどくさかった」

　心底ホッとした。津賀がかすかに口元を笑わせた。

「医者の指示を素直に守るヤンキーか……」

「自分が脅したんやろ。濡らしたら、バイ菌が入ってデロデロに膿んで、骨まで腐るて」

「……信じたのか？」

汚れたガーゼや抜いた糸を、敷いてあったポリ袋でくるみ込みながら、津賀があきれたように目をみはった。

「なんや、それ！　嘘やったんか!?」

「そういう例も、ごくまれにはあるという話だ。大袈裟《おおげさ》に言わないと、注意を守るようには見えなかったからな。ガーゼ交換に来るならまだしも」

「いっぺん行った。けどムチャクチャ待たすから、イヤになってん」

「その間、医療スタッフが茶を飲んで休憩しているわけじゃないぞ。昼飯も食わずに働いている。患者数が多すぎるんだ」

ポリ袋を手に立ち上がり、津賀はゴミ箱の方へ歩いていった。

仁希は消毒液のボトルや余りのガーゼを救急箱に片づけた。中学三年生になるまで育ててくれた祖母が綺麗好きだったせいで、そのしつけが体にしみ込んでしまったらしく、雑然とした室内を見るとついつい手が動いてしまう。おかげで友人の家を泊まり歩いている間も『お前は掃除の小母《おば》ちゃんか』と笑われたり、逆に『カレシには内緒にするから、月一回ぐらい、三日ほど泊まっていって』と真顔で頼まれたりした。

津賀が戻ってくる気配がしたので、振り返った。

抜糸を終えて、ようやく仕事が終わったという気分なのか、着たままだったジャケットを脱いで肘掛《ひじか》け椅子に放り出し、ネクタイをゆるめている。

自分が殴った時に眼鏡が当たってできた傷は、もう綺麗に治ったようだ。

(けど、やっぱし一言謝った方がえェよな。けじめがなァ……)

八つ当たりで殴った分の負い目が、心に痛い。仁希は救急箱を手にしてソファから立ち上がった。

「センセ、その……これ、さっき置いてあったとこへ戻したらええんか?」

「適当に置いておけ」

「それと……あの時、ゴメンな」

「何がだ?」

「いや、最初の日、八つ当たりで殴ったのが……」

目を合わせるのがきまり悪い。身をかがめ、サイドボードの戸棚に救急箱を押し込みながら呟いた。

「なんだ、それは。お前は本当にヤンキーか?」

「そういう言い方はないやろ。一応、自分なりの筋を通さんと。……手当して泊めてくれるいうのに、うやむやにするわけにはいかへん」

「……馬鹿が」

背後から聞こえた津賀の声に、冷笑めいた響きが混じる。ハッとして仁希が振り返った、その瞬間だった。

左脇《ひだりわき》に、骨ごと内臓を叩きつぶされるような衝撃がきた。

殴られたのだとわかったのは、体が数メートル吹っ飛んで、床に転がったあとだ。

津賀が薄笑いを浮かべて歩み寄ってきた。

「謝られては興醒《きょうざ》めだ。できるだけ反抗してくれなければ」

「な……ん……」

脇腹を押さえ、仁希は必死に起き上がろうとした。だが、さっきの一撃があまりにも重い。反撃どころか、立ち上がることもできない。

「軽いな。まともに食事を摂《と》っているのか？　何か食べさせてからとも思ったが、吐かれたらあとが面倒だ。我慢しろ。……場所を移すぞ」

前にかがみ込んだ津賀が笑って、仁希の腕をつかもうとした。

「さ、触んなっ……!!」

払いのけて殴りかかろうとしたが、体をひねると激痛が走る。スピードに欠ける右のフックは、左手であっさり跳ね返された。

切れ長の瞳が仁希を嘲笑《あざわら》った。

「その程度の反撃はできるか。気絶させるのは簡単なんだ。しかし自分の身に何が起こるかわからないのでは、お前もつまらないだろう？」

「……っ!?」

言葉と同時に肩口を、痛みともしびれとも違う、ひたすら不快な感覚がえぐった。

何が起こったのかわからない。

体を支えられず、再び仁希は床に崩れた。

「スタンガンを使われると気絶すると思っている者が多いが、そうじゃない。神経を麻痺《まひ》させ、動けなくするんだ。まあ、中には気を失う者もいる。……出力を落としてあるから、お前は大丈夫だな？」

津賀が手に持っている、黒い携帯電話のような物はスタンガンらしい。確かに目も見えるし耳も聞こえる。意識はあるのに、体だけが動かない。

(なんで……？　なんで、で、こんな……)

わけがわからなかった。ついさっきまでの津賀はいったいどこへ行ったのか。行き場のない自分に声をかけて家に連れ帰り、ほったらかしになっていた傷の抜糸をし——言葉はぞんざいだし、雰囲気は事務的だったが、行為の内容は親切そのものだった。仁希に殴られたことなど、少しも気にしていないかのようだったのに。

「心配するな、数分もたてば通電のショックはおさまる」

言いながら津賀は仁希の胴へ手を回し肩に担ぎ上げた。

廊下を進み、階段を下り、地下室へ入った。

一階のLDKと同じくらいか、もっと広いか。壁の一面に鏡を張ってあり、スポーツジムで見かけるようなエアロバイクや、アスレチック機材が置かれている。トレーニングルームらしい。

天井のフックから吊《つ》り下げたサンドバッグに仁希の目が吸い寄せられた。寒気がした。

さっきボディに食らった一撃は素人《しろうと》のものではない。サンドバッグの代わりに吊るして殴るために、津賀は自分をここへ連れてきたのだろうか。

「防音設備には金をかけてある。好きなだけ泣きわめいていい。どうせどこにも聞こえない」

推測を裏書きするような台詞《せりふ》を言い、津賀は仁希を床へ下ろした。

（あかん……）

このあとは吊るされて、津賀が満足するまでタコ殴りかと思うと、気が萎《な》える。意識を手放してしまいたくなる。

が、しかし。

（……はぁ？）

津賀の手が仁希のウエストに伸びた。長袖《ながそで》Tシャツの裾《すそ》をつかんだかと思うと、一気に鎖骨のあたりまでめくり上げた。

（な、な、なんや？　何するんや、このオッサン……ちょお待て！　おい！）

声は出ない。ああ、とか、うう、とか、唸《うな》り声がわずかに漏れるだけだ。その間に津賀は、頭と腕をTシャツから抜いて仁希を上半身裸にし、一つの機材のそばへ引きずっていった。背もたれが斜めになったレザー張りの椅子と、縦横に走るスチールの支柱を組み合わせたような器具で、バーベルやダンベルの錘《おもり》が乗せてある。

椅子に座らされた仁希は、ウエストにレザーベルトを回して拘束された。さらに両手をバンザイの形で引き上げられ、後ろの支柱へつながれた。

「……あ、ぁ……う……」

呂律《ろれつ》が回らないまま必死に問いかけようとする仁希を見て、津賀が微笑した。レンズの奥の瞳に、面白がるような色が流れた。

「ボディビルの趣味があるわけじゃない。だが人を拘束するのには便利な道具だ。SM用の拘束台と違って、これなら他人に見られても言い訳できるしな」

まったく当たり前に発せられた『SM』という言葉に、仁希はうろたえた。

津賀の手が、仁希がはいているジーンズのボタンを外しにかかった時には、狼狽《ろうばい》を通り越して動転した。

（ち、ちょっと待て！　オレは男やぞ、なんで脱がす!?　まさかこいつも……うわ、何すんねん！　やめェいうのに……あーっ！）

ジーンズと一緒に、ボクサーショーツを一気に引き下ろされた。

「ソックスだけ残すのも間が抜けているか」

呟いて、津賀は仁希を全裸にむいた。残ったのは、左腕に巻いた包帯だけだ。

憤怒のあまり唸り声をこぼした仁希を見て、わざわざ尋ねてくる。

「怒っているようだが……はいていたかったのか？」

（ア、ア……アホーっ！　ソックスだけ残しても意味ないやろ！　服を返せ、服を!!）

心の中は荒れ狂っていたが、しびれた体は少しも言うことを聞かない。

津賀は仁希の脚を左右に広げて高々と上げさせ、レザーベルトで支柱につなぎ始めた。脱がせるのといい、拘束するのといい、妙に手慣れていた。

（畜生、この変態……!!）

背もたれの角度のせいで、上体は斜め後ろに倒れている。寝ていると言った方が近い。その状態で脚を左右に開いて高々と上げているのだから、正面に立った津賀には、股間から尻《しり》の谷間の奥まで丸見えのはずだ。

自分は全裸にされているのに、相手はスーツのジャケットを脱ぎネクタイをゆるめただけの格好というのが、余計に羞恥心《しゅうちしん》を煽った。

しかも津賀の表情が冷静なのが腹立たしい。息を荒くし目をぎらつかせ我を忘れて興奮しているなら、その様子を嘲笑ってやるのに、その目に感情の波立ちはなく、せいぜい面白がっている程度にしか見えない。

津賀が軽く身をかがめた。

(見るな、アホっ……)

まだ体がしびれていて、頭を上げることはできない。けれど、肌で感じる。津賀の視線が当たっている場所が熱い。腿の内側、下腹部、性器、さらに尻——何もかもを晒《さら》してしまっている。

羞恥のせいか、見ている津賀よりも見られている自分の方が呼吸が荒くなっていた。そう気づいて一層恥ずかしくなった。脇の下や背中に汗がにじむ。脱がされて興奮しているなどと思われたら、耐えられない。

「……っ!」

尻肉を鷲《わし》づかみにされた。

「ちょっと肉づきが薄いか。まあ、つきすぎているよりはいい」

勝手なことを言い、後孔へ指をすべらせてくる。指先が襞《ひだ》を広げてほぐすように動いた。

「色素沈着なし、と……こっちは使ったことがないのか? 意外に品行方正らしい」

からかうような響きが声に混じった。

「う、ぅ……!!」

あまりの屈辱感に、喉の奥から呻き声がこぼれ出た。

性器ならばまだ、同性同士で見たり見られたりということはある。水泳の授業で着替えるとか、修学旅行や合宿で風呂に入るとか、あるいはもっと手軽に、友達とトイレに行った時など、いちいち神経質に隠すとかえって馬鹿にされる。

だが後孔は違う。

乳幼児の頃はともかく、成長してからは人に見せるような場所ではない。自分自身でさえ、まず見ることはない。

それを今、たったの二回会っただけ、通りすがりといってもいいような男に覗き込ませ、指での玩弄《がんろう》を許している。

しかし津賀の指は、内部へ侵入することなく離れていった。

「準備が必要らしい。……待っていろ」

仁希を置いて、津賀はスリッパの音を響かせてトレーニングルームを出ていった。

残された仁希は悔しさに唇を噛《か》んだ。

(くそったれ、死ね！　ボケ、アホ、カス、ゴミ！　サイテーな格好させやがって、あのド変態!!　くそ……なんでオレが、こんな……)

顔を横へ向けてみると、壁の鏡に映った情けない自分の姿が目に入る。

(あ……動く?)

電撃のダメージが徐々に薄れてきたのだろうか。仁希は首を動かし、自分の体を見回した。

左右の手首と足首、ウエストの五ヶ所を、いずれもレザーベルトで拘束されているが、左足首を支柱につないだベルトだけは、金具がきちんとはまっていない。外せるかもしれない。

「くっそ……このっ！　このっ！」

蹴ったり、左右にひねったり、揺すったり——必死で動かす間にベルトがゆるんできた。足首の皮膚がレザーにこすれて痛んだ。だがそんなことを気にしている場合ではない。脱出できるかどうかの瀬戸際だ。

（もうちょい、もうちょっとで抜けそう……外れてくれっ！　このあと一生、お前に頼み事はせぇへん!!　てか、外れたら用事ないし！）

願いがベルトに通じたのかどうか。引っかかっていた金具がずるっと動いたかと思うと、いきなり外れた。拘束がなくなり、高々と上げさせられていた左脚が一気に床へ落ちた。

「おわっ！　い……痛ぁ……」

踵《かかと》を床にぶつけ、仁希は呻いた。足首もひりひりと痛む。硬いレザーの縁にこすれて、擦りむき傷ができたに違いない。

「あー、しんど。けど外れた。さあ、これで……」

勢い込んで口走ったところで、仁希ははたと動きを止めた。

手が自由になったのなら他の拘束を解くこともできるが、このあとどうすればいいのか。足の指でベルトの留め具を外せるほど器用ではない。

「……えーと。どーしよ」

困惑しきって呟いた時、戸口から、こらえきれなくなったように噴き出す声が聞こえた。仁希は引きつった。細く開いたドアの陰に立って、津賀が笑っている。

「お前っ……!!」

「百面相はなかなか面白かった。わざと片足だけゆるめておいた甲斐《かい》があったよ」

足音が聞こえなかったので安心して金具を外すのに熱中していたが、部屋に入ってきた津賀はスリッパをはいていない。

わざと足音を響かせて立ち去り、スリッパを脱いで静かに戻ってきたのだろう。そんなごく初歩の騙《だま》しに引っかかって、津賀はいないと思い込み、懸命にベルトを外していたのだ。しかも逃げ出すにはなんの役にも立たない片足の拘束を、必死になって――怒りと恥ずかしさで、仁希の全身が熱くなった。

「すっかり電気ショックから回復したらしいな。これなら楽しめそうだ」

「なんのつもりで……!」

「抵抗されすぎては困るが、まったく無抵抗なのも面白味がない。力一杯暴れて拒否してくれるのを期待したんだ。こうもあっさりつかまるようでは見込み違いかと思ったんだが、反抗心だけはあるらしい。……本番はこれからだ、せいぜいがんばってもらおうか」

「お、おのれはっ!」

近づいてきた津賀を左脚で蹴ろうとした。だが完全に読まれていたらしい。津賀は横へ動いてかわし、仁希の足首を片手でつかまえた。

「痛っ！　ひねるな、アホ！」

「だらしのないヤンキーだ。まあ、あまりがっかりするな。お前は弱いわけじゃない。ただ、頭がどうしようもなく悪いんだ。だから簡単に罠《わな》にかかる」

「うっさい!!」

「好きなだけわめいていい。聞き飽きたら猿轡《さるぐつわ》を嚙ませてやる」

嘲笑《ちょうしょう》を口元に刻み、津賀は元通りに仁希の足首をベルトで固定してしまった。今度は金具をしっかりと留める。

「私は明日も出勤だ。あまり夜更かしをするわけにはいかないから、さっさと始めよう」

「お前の都合なんか知るかーっ！」

仁希の絶叫には構わず、津賀は見せつけるようにして自分の人差し指を舐《な》めた。唾液《だえき》に濡れ光るその指を、仁希の下半身へとすべらせる。

「な、何する気や!?　やめ……あああぁっ！」

さっきのように丁寧にほぐすのではなく、いきなり後孔へ突き入れられた。激痛に体が反り返る。もがくたびに、手足を拘束したレザーベルトがスチールの支柱にこすれてきしんだ。

「固いな。本当に初めてか？」

「あ……当たり前や！　はよ抜け……あ、ぁ……痛いっ……!!」

呟いて、津賀が指を抜いた。後孔から異物感が消えた。仁希は全身をぐったりと弛緩《しかん》させて、何度も荒い息を吐いた。

「……仕方がない」

その間に津賀は、自分のそばを離れ、仁希からは見えない部屋の隅へと歩いていった。そのまま一生どこかへ消えていてくれと思ったが、願いは虚《むな》しく、戸棚か何かの扉を開け閉めするような音のあと、派手な蛍光色の物を手にして戻ってきた。

機材の陰に置いてしまったので、何を持ってきたのか、はっきりとはわからなかった。どうせろくでもない物だろうという予感はある。

「時間をかけてゆっくり慣らすしかないらしい。……面倒だが」

「面倒やったら、最初からこーゆーことをすんな！　ベルトをほどいてオレを解放する方がよっぽど早いやろ！」

「そうはいかない。殴られた礼をしないとな。追加は、利息分だと思っておけ」

言いながら津賀は、手に持ったボトルの蓋《ふた》を開け、仁希の下半身に向けて逆さにした。とろみのある透明な液体が、仁希の内股や下腹部にこぼれ落ち、股間へ、さらに尻の谷間へと流れていく。ぬらぬらした感触が、生き物の舌に舐め回されるようでくすぐったい。

「やっ、やめェ！　気色悪い……あぁぁっ！」

身をよじってもがけばもがくほど、ぬめる液は体のあちこちへ広がっていく。

ボトルを置いた津賀が、手を尻の方へ動かすのが見えた。

「……っ!?」

後孔に、ゴム質のやわらかいものが触れるのを感じた。周囲の皮膚についた液体を、中心へ集めてなすり込むように動いたあと、仁希の中へ侵入してきた。指よりは細いが、強烈な異物感に全身の筋肉がこわばった。

楽しそうな笑みを深めて、津賀が手を動かした。きゅ、と仁希の内側の粘膜がよじれる。差し込まれた『何か』が、さらに深く入ってくる。

「何を入れた!?　抜け、抜いてくれ……あぁぅ！　抜けって言うてるやろ！　やめェ、気持ち悪……あ、ぁっ！」

「騒ぐな。これよりはずっと細い」

顔の前へ差し出されたのは、どぎつい蛍光ピンクの棒だった。自分の中に押し込まれたのとはまた別の、バイブレーターらしい。

「螺旋《らせん》がついているし、体の力さえ抜けばもっと楽に入る。お前は初心者らしいから、わざわざ潤滑液を塗り込みながら手間暇かけて慣らしてやっているんだぞ。それともいきなり本物を突っ込んでほしいのか？」

「アホかっ！　くぁっ……ぬ、抜け！　この変態!!」

「そんな力で締められたのでは、抜きたくても抜けない。本当はもっと入れていてほしいんじゃないのか？」

「死ね、ボケ!!　誰がそんなん……くうっ！　うぅ、う……」

深々と差し込んだバイブレーターで、中をかき回すような動かし方をされた。気持ち悪さと痛みが倍加した。

スイッチは入れていないらしく、振動は来ない。それでも内臓を突き上げられるような異物感は強烈で、吐きそうだ。大声をあげて泣きわめきたくなる。歯を食いしばってこらえたものの、どこまで我慢できるか自信はなかった。

「ひっ……」

濡れた舌が仁希の乳首を舐めた。後孔に意識が集中していたせいで、完全な不意打ちだった。思わずこぼれた声の弱々しさが情けない。

一瞬触れただけで舌を離し、津賀は薄い唇を皮肉っぽく歪《ゆが》ませて笑った。

「抜いてほしかったら、緊張を解いて力をゆるめろ。そうぎちぎちに締めつけてくわえ込まれては、こっちもどうにもできない」

「そ、そんなん言われたかて……」

本当に抜いてくれるのだろうか。今はただ、この異物感と痛みから逃れたい。

だが全身ががちがちにこわばって、動かすこともできない。

「限界まで息を止めてから、大きく深呼吸をしてみろ」

命じられるままに、仁希は深呼吸をした。全身が弛緩した。

（あっ……）

ずる、と抜けていく感触がわかった。なんとも言えない安堵《あんど》感が胸を満たした。それが快感だとはまだ気づかず、仁希は深く息を吐いた。

津賀の低い笑い声が聞こえ、また後孔に突き立てられた。

「ああああああぁっ！」

仁希の唇を裂いて、絶叫がほとばしった。痛みはさっきよりはるかに強い。心臓が止まらないのが不思議なほどだ。

「まったく……どこのお嬢ちゃんだ？　少し太めのバイブに替えただけでこれほど大騒ぎして。この調子では、いつになったら本番にたどり着けるかわからんな」

「あっ……あ、ぁ……う……」

呻き声をこぼしながらも、仁希は必死で津賀をにらみつけた。

「この変態……犯りたいんやったら、さっさと犯ったらええやろ！」

今でさえ、吐き気がするほどの異物感と、体を引き裂かれるような痛みにさいなまれている。本当に犯されたら、今以上の苦痛を味わうことは間違いない。けれどこんなふうに薄笑いを浮かべて観察されながら、ゆっくり嬲《なぶ》られるのは我慢ならなかった。どうせ犯るなら、さっさと終わってもらいたい。

「慣らしもしないで入れたら裂ける。……腕の抜糸をする時に言っただろう。仕事を増やすようなことにはしないと。職場以外の場所にいる時まで、血や消毒液のにおいを嗅ぐつもりはないんだ」

「そ、それでも医者か、お前っ……‼」

「医者になっていなかったら、体に傷を負わせる癖がついていたかもしれない。仕事で毎日毎日切ったり刺したりしていると、さすがに嫌気がさしてくる。……怪我はさせないから、安心しろ」

「そういうことを言うてるんと違う！　心構えの問題や‼」

「職場での業務はきっちりこなしている。オフィシャルとプライベートは分ける主義だ」

仁希の罵倒を軽くいなして、津賀は苦笑した。

「性格破綻《はたん》者でも、試験勉強さえできれば医者になれる。倫理面を一切考慮しないのが今の日本の医療制度だ。……病院でまともな医者のふりをしている分、ストレスが溜まってこういうことをしたくなるのかもな」

「く、うっ……あああぁ！」

浅いところで止めていたバイブレーターが、ゆっくりと奥へ侵入してくる。津賀は本気で、丁寧に丁寧に時間をかけて自分を弄《もてあそ》ぶつもりらしい。

（オレ、アホとちゃうか……こんなヤツを信用して。アホや）

不意に、何もかもがいやになった。

寝る場所はない。明日、何をするというあてがあるわけでもない。生まれ育った街に帰りたくても、その金がない。帰ったところで、迎えてくれる人はいない。

（もう……もうええ！　畜生……!!）

後先の考えもなく、仁希は舌を突き出し、上下の歯を噛み合わせようとした。舌を噛み切ろうとしたのだ。だが、

「……馬鹿が！」

津賀の声が響いたのと、口へ何かを押し込まれたのが同時だった。

革製品を噛んだような歯ごたえがあった。単なる革でなく、中に硬い芯《しん》がある。血の味が舌に伝わった。

それでいて痛みはない。自分の舌を噛み切ったのなら、苦痛を感じないはずはないのに。

開けた目に映ったのは、眉間《みけん》に皺《しわ》を寄せ瞳を怒らせた津賀の顔と、目の前に迫った手の甲だった。

「あ、ぐ……」

仁希はようやく事態を理解した。自分が舌を噛もうとしたのに気づき、津賀はとっさに口の中へ手を突っ込んで防いだのだ。噛みついたのは、津賀の指だった。

「……ふざけた真似《まね》をする」

まさか仁希が自殺を図るとは思っていなかったのだろう。吐き捨てる口調で呟いた津賀の顔からは、皮肉っぽい笑いが消えていた。

仁希の口に押し込んだ手はそのままに、津賀は腰をかがめて床に落ちていたソックスを拾い上げた。片手で丸め、自分の手を引き抜くのと入れ替わりにそれを仁希の口へ押し込む。

(な、何しやがんねん。足にはいてたモンを口へ突っ込むな!)

舌で押し出そうとしたが、その前に津賀が外したネクタイで猿轡をされてしまった。

「お前、死ぬというのがどういうことかわかったうえで、やっているのか?」

冷ややかな目で仁希を見やって、津賀が言った。

「舌を嚙んだ場合の死因は窒息だ。嚙み切った舌が巻き上がって気道を塞《ふさ》ぐ。溺《おぼ》れた経験が一度でもあればわかるだろう、あれと同じ苦しさだ。息をしても空気が入ってこない。……即死はできないぞ。絞首刑の場合も窒息死だが、完全に心停止するまで十分以上かかった例もある。十分以上、息ができない苦痛に耐えられるのか、お前は? 肺の中が二酸化炭素でふくれ上がって破裂しそうになっても、喉は舌で塞がれたままだ。しかも舌の静脈が切れて、口の中に血があふれる。鼻へ回ることもあるしな」

「う、んぅーっ! んーっ!」

言葉を封じられた状態で、仁希は必死にわめこうとした。

（キモイ話すんな、ボケーっ！　ていうか、お前がオレをレイプせんかったら、誰が舌なんか嚙むかァ!!）

児童公園で、傷が膿んだ場合の説明をされた時と同じだった。津賀の淡々とした話しぶりは、逆にリアルな想像を煽るのだ。

「喧嘩で腕を怪我して受診するくらいだ。血の味はよく知っているな？　殴られて口の中を切ったことぐらいあるだろう。……ああ、さっきも味わったか」

「んうっ……」

津賀が左手の指三本を目の前に突きつけてきた。さっき自分が思いきり嚙みついたせいで、まだ血がだらだら流れ落ち、何か白い物が覗いている。

（うわあああぁっ！　間近で見せんな、そんなモン!!　てか、はよ手当をしにいけ！　本職やろ！）

殴り合いには慣れている。触覚——殴られたり切られたりの痛覚で攻撃されても、ひるみはしない。しかし、視覚に訴えてくる『傷』は、きつい。実際に味わう痛みより、『痛そうだ』と思い、想像する方が精神力を削るのだ。

顔に怯懦《きょうだ》の気配が表れてしまったのかもしれない。津賀は勝ち誇った眼で笑い、指から流れる血を仁希の頰《ほお》にこすりつけた。

「動脈も神経も切れなかったようだが、手に生傷があっては手術に入れない。お前のおかげで二、三日は外来と病棟業務ばかりになるな。この分も追加してやるから、楽しみにしていろ。……とりあえず、こうしておこう」

「んううぅーっ!!」

仁希はくぐもった悲鳴をあげ、四肢を突っ張らせてのけぞった。後孔に挿《さ》してあったバイブレーターを、津賀が勢いよく根元まで押し込んだせいだ。

しかもスイッチが入った。くねりと振動が内奥を直撃した。

「んうっ、う……んぐっ……う、ぅ……!!」

仁希は身悶《みもだ》えた。津賀が見ているのはわかっていたが、我慢などできなかった。

「そのまま待っているんだ。戻った時に抜け落ちていたら、罰を増やすぞ。……そうだ」

自分の前を離れたから一階へ手当に行くのかと思えば、そうではない。部屋の隅へ行って戻ってきた津賀は、ビデオカメラと三脚を持っていた。血が指からしたたり落ちるのを気にする様子もなく、ビデオを仁希の真正面にセットして、宣告した。

「何分もったか、記録しておいてやる。……せいぜいがんばって、落ちないようにくわえ込んでおくんだな」

仁希の顎《あご》をつかんでビデオカメラに向けさせ、何が映っているのかはっきり見せつけたあとで、今度こそ津賀は出ていった。

「んっ、ん、ふぅっ……んんっ！」

一人残された仁希は、猿轡の隙間から喘《あえ》ぎをこぼして身をよじった。後孔に深々と差し込まれたバイブレーターが、自分を蹂躙《じゅうりん》し続けている。無理矢理広げられた肉孔《にくこう》が疼き、内奥は圧迫感にさいなまれているのに、意志を持たない玩具は非情に動き続け、決して仁希を休ませてはくれない。腿の筋肉がつりそうだ。

苦痛を少しでも紛らわせるために、仁希は津賀への怒りに気持ちを切り替えた。

(くそったれ、あの変態……!!)

舌を嚙もうとしたのは失敗だった。それは認める。もともと衝動的にやったことだ。津賀が説明したような苦しい死に方だと知っていたら、最初からしなかった。それでもあの時は、これ以上の辱めを受けるくらいなら死んだ方がましだと思えたのだ。

(オレが死んでどうすんねん。なんの仕返しにもならんやないか)

隙を見て反撃し、今自分がされているのと同じように津賀を拘束して——だが、その先はどうすればいいのだろう。自分にそちらの趣味はない。

(けど殴っただけじゃ気がすまへん。くそ、人の体にこんな真似しやがって……うぅっ!)

仁希の体が大きく震えた。

意識が自分の後孔へ向いてしまったのと、そのタイミングでバイブレーターがくねって、内側の感じやすい部分を刺激したせいだ。しかも一回ではすまない。立て続けに、押し、えぐり、震動して責めてくる。

「んっ……ぅ、うっ……」

なのにその感覚は、決して不快なだけとは言いきれない。バイブレーターがある一点に当たるたび、肉壁がひくひくと疼き、熱っぽいしびれが体に広がっていく。

(なんでや……さっきまでは、もっと奥で……あ、まさか……?)

気がついた。目を開け、前にセットされたビデオカメラに視線を向けた。津賀がモニターを仁希の方へ向けていったので、レンズに捕らえられた自分の姿がはっきりわかる。

「……っ!」

あまりに情けなく恥ずかしい姿に慌てて目を背けたものの、映像は一瞬で目に焼きついた。

(ずれてきてる……畜生、そのせいか)

スイッチを入れられたバイブレーターが、少しずつ自分の中から抜けてきている。そのせいで、振動箇所が敏感な部分に当たるようになってきたのだ。

津賀が言った『戻った時に抜け落ちていたら、罰を増やす』という言葉が脳裏をよぎり、思わず下半身の筋肉に力がこもった。

「んうぅっ……!!」

締めつけたために刺激が強く感じられ、仁希は呻き声をこぼしてのけぞった。力を抜くと、またバイブレーターがずれるのがわかる。

だが仁希はもう抵抗しようとはしなかった。

（……何してるんや、オレは。あんなヤツの機嫌を取るつもりか。何が罰や、ふざけんな）

津賀から罰を与えられる理由など、どこにもない。

犯されようが玩具で嬲られようが、それだけでは負けにならない。けれどもいわれのない罰を恐れ、卑屈に言いつけを守ろうとした瞬間、自分は津賀に敗北してしまう。

腹をくくった。犯されるのは確実だが、殺されることはないだろう。

ならば勝負は持ち越しだ。

（この手足のベルトが外れたら……見とけ。倍返しにしたるからな）

そう思った時、バイブレーターのカリ高になった先端部が、後孔を押し広げた。

「……んぐぅっ！」

抜けた。ごとんと鈍い音を響かせて床に落ちたあとも、地虫の声のような電動音が聞こえてくる。

仁希は何度も荒い息をこぼした。

無理矢理に押し広げられた痛みは、バイブレーターが抜けたことでかなりやわらいだ。けれども敏感な場所を何度も刺激され、自分の体の内側に、意志とは無関係な熱い疼きが生まれている。それはごく小さいものではあったが、粘っこく尾を引いて、少しでも気をゆるめたら、全神経を食いつくされそうに思えた。

ドアの開く音が聞こえた。思わず全身が緊張する。

「抜けたな。言ったはずだ。戻ってくるまでくわえ込んでいなければ、罰を増やすと」

すぐそばまで歩いてきた津賀が、冷たい目で見下ろしてきた。仁希が噛みついた指には、ベージュ色をした分厚い絆創膏《ばんそうこう》のような物を巻いてあった。

仁希は精一杯の怒りを込めてにらみ返した。

「お前……わざとか？」

屈服してたまるかという仁希の意図を悟ったらしく、レンズの奥の瞳を驚きの色が流れた。そのあと、かすれた笑い声が津賀の喉からこぼれてきた。

「面白い。いい性格だ。本当にいい。頭はどうしようもなく悪いが」

ほっとけ、と言いたいけれども、猿轡のせいで声は出ない。

津賀はワイシャツのボタンを外し始めた。

服の下から現れたのは、たるみやゆるみのない、引き締まった体だ。ボディビルに興味はないと言っていたのは本当のことらしく、必要以上に分厚くした筋肉を体にまとってはいないが、エアロバイクやサンドバッグは実際に使っているのかもしれない。

津賀の手が、仁希の内腿や双丘に粘りついていたローションを、すくい取った。

「……うぅっ！」

後孔に触れられて、仁希の体が震えた。

抜糸の時に見た長くて器用そうな指が、中へ押し入ってきている。

入るだけならまだいい。けれどももしもあの場所を責められたら、自分はどうなるのだろう。

（く……来るなっ、そこは……そこ、だけは……）

ひそかな願いは、虚しく踏みにじられた。奥へ進んだ津賀の指は、仁希の中で執拗にくすぶり続けていた疼きのひそむ一点を、あっさりと探り当てた。

意志とは裏腹に、触れられただけで体が引きつる。ここが弱いと教えているようなものだ。

当然のように、津賀の指はその場所を責め始めた。ゆっくりしたリズムで、軽く押しては、力をゆるめる。

「……っ……んんっ、ふ、ぅっ……」

鉤形《かぎがた》に曲げた指がうごめくたび、熱が後孔から全身へさざ波のように広がっていく気がした。腿の内側の筋肉がひくひくと痙攣《けいれん》し、呻き声がこぼれる。

だが自分でもわかる。

一番最初に指を突き立てられた時とは、声の響きが違う。

「少しは慣れてきたか？」

津賀が笑った。

この感覚はただの違和感だ。快感などであるはずがない——自分にそう言い聞かせ、仁希は歯を食いしばった。絶対に負けたくなかった。

何度も指が抜き差しされる。ローションを塗り込んでいるらしい。

やがて両腿をつかまれた。屹立《きつりつ》が後孔に触れた。

先端が強引に肉孔をこじ開けようとする。

「……う、ううーっ！」

噛みついた罰としてバイブレーターを押し込まれた時は、相当きついように感じたが、『慣らすための初心者用』という言葉に嘘はなかったらしい。今、ねじ込まれている灼熱《しゃくねつ》は、玩具に比べて二回り以上大きい。

このままねじ込まれたら、どうなってしまうのか。

恐怖感が、前戯で植えつけられた甘いほてりを一瞬にして冷ました。拘束された手足を揺すって、仁希はもがいた。

嘲笑に染まった津賀の声が聞こえた。

「腰を振るのは入れたあとでいい。それとも怖いのか？」

「！」

「初心者用とはいえバイブで慣らしたし、潤滑液も使った。裂けはしないだろう。それでも怖いのなら、泣きじゃくってみたらどうだ？　同情する気が起きるかもしれない」

後孔を侵食される苦痛の中で、仁希は思った。

絶対に嘘だ。大嘘だ。この男に『同情』などという人間らしい優しさがあってたまるものか。自分が泣いたら、その姿を見てさんざん笑いものにするつもりに違いない。

（こいつを喜ばせてたまるかっ……!!）

もがくのをやめ、仁希は気力をかき集めて津賀をにらみつけた。レンズの奥で、自分を見下ろす切れ長の眼が、満足げに笑うのが見えた。

「いい子だ。そういう態度でいてくれると、楽しめる」

「……んうぅうっ！」

さらに深く突き入れられた。先端が中へもぐり込んだ。仁希の四肢が、逆向きに折れそうなほど突っ張る。

痛い。異物感が気持ち悪い。――自分は、負けずにいられるだろうか。

「どこまでがんばれるか、見せてもらおうか」

レザーベルトが金属の支柱に擦れてきしむ音に混じり、津賀の楽しげな声が聞こえた。

負けたくない。こんな男に負けたくない。

仁希は歯を食いしばった。

2

(完璧《かんぺき》、負けた……)

なごりの夕映えに染まった公園のベンチに転がって、仁希はどっぷり落ち込んでいた。

昨夜《ゆうべ》あったことは思い出したくもない。しかし厭《いと》わしい記憶は脳にしみ込んで消えない。それどころか、時間がたてばたつほど鮮明になっていく。

――あのあと、トレーニング用の機材に縛りつけられたまま、津賀にたっぷりと犯された。裂けはしなかったものの、硬く逞《たくま》しい怒張で貫かれる痛みは凄《すさ》まじかった。気を失ってしまえれば楽だったのに、津賀はそれを許さなかった。

仁希が息を詰まらせてのけぞるたび、侵入を止め、時にはわずかに抜いた。

そうして痛みをやわらげておいて、仁希の緊張がゆるんだ頃合いを見計らい、また押し入ってきた。そして、また止める。

『……ん……うぅっ、んぅっ……』

『息を吐いて、体の力を抜け。中途半端なところでやめるつもりはない。……それとも、じっくり時間をかけて犯してくださいという誘いか?』

『うっ！　ん……ぅううっ！』

今、自分の手首と足首には擦りむき傷が残っている。拘束していたレザーベルトのせいだ。津賀に犯される間についたものに違いない。だがあの時は気づかなかった。他の場所の痛みがあまりにも強すぎたせいだ。

何しろ、時間をかけてとはいえ、結局根元まで突き立てられた。

もちろん入れただけで津賀が満足して、じっとしていてくれるわけはない。深く、浅く、緩急をつけて抜き差しされた。――半日たった今でもまだ、仁希の後孔には何かが挟まっているような異物感と鈍痛が残っている。

だがそれだけなら、ここまで敗北感にさいなまれはしない。

（なんでや……なんであんなヤツに触られて三回もイったんや、オレのアホ……!!）

不甲斐ない自分自身を、何度罵倒したことだろう。思い出すと、羞恥と屈辱のあまり空中をかきむしりたくなる。

慣れるというのは肉体にとっては幸せなことかもしれないが、精神にとっては余計な作用になる時もある。少なくとも後孔が痛みを感じていれば、あんなことにはならなかった。

最初に中へ射精したあとで津賀は、完全に仁希が抵抗力を失ったのを見て取ったようだ。

再び舌を噛むことはないと判断したらしく、拘束を解いて仁希の体を床へ下ろしたあと、猿轡を外した。それでも仁希の両手を頭上へ引っ張って一まとめに縛り、アスレチック機器の支柱につないだところは用心深かった。

そこからが、津賀が口にしていた『罰』の始まりだった。

普通、罰といえば苦痛に呻かせることだが、そうではなかった。甘い罰というものがあることを、仁希は生まれて初めて教えられた。

男との経験はなかったが、女を知らないわけではない。しかし津賀が自分にしたようなやり方で、丹念に全身を愛撫《あいぶ》されたのは初めてだった。

『あっ……やめェ、触んなっ……な、なんで、そんなとこ……あ、はぁっ……』

『ここは初めてか。こんなふうにされるのは？』

『ひぁっ！　やっ……や、ぁ……』

足の指をしゃぶられて、くすぐったさに身をよじった。

内腿に息を吹きかけられただけなのに、脊髄《せきずい》から脳へと走る快感に耐えかね、身悶えた。

膝の裏をごく軽く撫《な》でられて喘いだ。

喉を舐め上げられて、よがり声をこぼした。

後孔を激しく責められていたら、苦痛の強さで正気を保っていられたかもしれないのに、そういう点も津賀は狡猾《こうかつ》だった。それとも年齢と経験から来る余裕だったのだろうか。猛《たけ》り立った怒張を再び突き入れて犯す時も、その動きはまるで、焦《じ》らすかのようにゆるやかだった。

そして自分は苦痛よりも快感に流され――手で弄ばれて、射精してしまったのだ。津賀を自分の中へくわえ込んだままで。しかも、三度も。

「……くっそぉお……」

思い出すと、今度こそ舌を噛み切って死にたくなる。仁希は頭を抱え、狭いベンチの上で何度も中途半端な寝返りを打った。

(畜生、あのドスケベ！　死ね、変態!!　ボケ、カス、ゴミ、生ゴミっ！)

脳裏に浮かぶ眼鏡面を罵倒しても、気分は晴れない。

完全に負けた。敗北した。

経験の浅い自分を狂わせることなど、津賀にとってはたやすいことだったのだろう。同性であるだけに、どこが感じる場所なのかよく理解していたはずだ。途中からは『触るな』と制止する気力さえなくなった。

三回目に射精した時のことなど、ほとんど覚えていない。ただ津賀の『いやだいやだと言っていたくせに、三度目か』と嘲笑する声が頭に残っているから、自分は三回達したのだろうと思っているだけだ。

そして仁希が負けたと思うのは、性的な面ばかりではない。

喧嘩でも完璧に負けた。犯される前に、ただの一撃で殴り倒された。

それにもう一つある。昨夜、凌辱《りょうじょく》行為が終わったあと、津賀は仁希を残して部屋を出ていった。少したって戻ってきた時にはバスローブをまとっていたから、シャワーを浴びてきたのだろう。

『その格好ではどうにもならないな。バスルームを貸してやる。来い』

呟いた津賀は、手首を縛ったネクタイをほどいて、仁希を引き起こそうとした。だがその時には、仁希は体力も意識もかなり回復していた。

自分をさんざん犯した男に手を貸してもらうのは、耐えがたかった。

『放せ、変質者……!!』

体を起こし、夢中で押しのけようとした。

その手が喉に当たった瞬間、津賀の血相が変わった。

『……貴様っ！』

今までにないほど怒り狂った罵声が聞こえたのと、腕をつかまれたのが同時だった。

『あ……うあぁぁっ!!』

何が起こったのか、わからなかった。視界が回転し、自分の体が宙に浮くのを感じた。

右手の親指に激痛が走った。顔は床にこすりつけられている。

体をひっくり返され、腕をねじ上げられ、指を逆向きに固められたとわかったのは、津賀の声が頭上から降ってきたあとだった。

『喉に触るな。……もう少し強く押さえていたら、俺はお前の親指を折っていたところだ。

怪我をするのがいやなら、喉にだけは触るな』

普段は自分のことを『私』という津賀が、『俺』という言葉を使い、息を荒らげていた。よほど動揺したのに違いない。以前、事故で喉を傷めてかすれ声しか出なくなったと言っていたから、それと関係があるのだろうか。

——ともかく、完璧に負けた。

一撃で殴り倒され、犯されたうえ、快感によがり狂わされ、しかも簡単に押さえ込まれた。各方面で全敗だ。

(悔しい……むっちゃ、悔しい……)

あれから、津賀は仁希を一階へ引きずっていき、バスルームへ放り込んだ。『全身を洗って、尻に指を入れて中身をかき出すところまでやってほしいのか』と嘲笑され、カッとなって拒絶した。疲れきっていたが、これ以上馬鹿にされるのは我慢ならなかった。風呂を出たあと、津賀に『根性だけは大したものだ』と褒められたが、嬉《うれ》しくもなかった。

そのあとは、また記憶が曖昧《あいまい》だ。多分、体力の限界がきて眠ってしまったのだろう。

朝、きっちり身支度を整えた津賀に叩き起こされ、借り着のバスローブのまま、リビングのソファで眠っていた自分に気がついた。

服を着たあとは、出勤するという津賀の車に乗せられ、適当な大通りで降ろされた。

『なかなか面白かった。……気が向いたらまた呼ぶ』

連絡先を教えた覚えはないが、おそらく仁希が眠っている間に、携帯電話の番号を調べておいたのだろう。ショルダーバッグを開けられた証拠に、財布の中には一万円札が五枚増えていた。知っていれば、その場で津賀の顔に叩きつけたところだが、一人になってから、とりあえずの空腹を満たそうとハンバーガーショップに入って注文して、初めて気がついたのではどうしようもない。

屈辱に震えながらもどうにか食事をすませたあとは、痛みと疲れを癒《いや》すため、公園へ行った。昨夜津賀と出会った場所ではなく、別のもっと広い市民公園だ。

ベンチに転がるとすぐ眠りに落ちたらしい。目が覚めたのはほんの十分ほど前で、すでに日が暮れかかっていた。

昼食も摂らずに眠り続けたせいか、全身に粘りついていた気だるさは薄れた。だが体のあちこちに痛みが残っている。特に下半身がきつい。行く場所のあてはないし、これからどうするかを考えようにも、ついつい意識は昨夜の出来事に向いてしまう。

そんなわけで仁希はベンチに転がったまま、ひたすら津賀を呪《のろ》っていたのである。

（オレに勝手に値段つけんな。しかもたったの五万円か。マジ、殺す。何が『気が向いたら呼ぶ』や）

自分がおとなしく出向くと思っているのなら、大間違いだ。確かに巧みな愛撫で三度も達してはしまったが、あれは体が勝手に反応しただけだ。仁希の意志ではない。

（誰が言うとおりにするか、アホ。なんでそこまで自信持ってるんや、ボケ。ちょっとナニしたぐらいで、誰が……待てよ。あいつ、昨日ビデオ撮ってたぞ）

気がついて、背筋が冷えた。

思い出したくもないが、確かに撮られた。

バイブレーターが抜けるまでの時間を測定するだけでなく、そのあとは津賀に貫かれている後孔の様子や、快感に抗しかねて喘ぐ自分の顔を見せつけられた。

『よく見ろ。どう見ても喜んでいる顔だろう。頬を上気させて、涙に、涎《よだれ》まで垂らして。初めてのくせに、覚えが早い体だ』

『違う……違うっ……!!』

『嘘を言うな。こっちも汁まみれで、さっき出したばかりなのにもういきり立っているじゃないか。……後ろの様子も見せてほしいか？』

『いや……いやや、放せ……あぁぁっ!!』

『これがさっき撮った画像だ。ほら、ひくひく動いて口を開けている。中に出されたばかりの汁をたらたらこぼして……涎を垂らしているみたいに見えないか？　また入れてほしくて、たまらないという様子だろう？　お前の、ここだ』

『やめェ、触るな！　あっ、あうぅ……オ、オレに見せるなァ！』

よがり泣く顔も、性器も、後孔も、余すところなく撮られて、見せられた。拒む仁希の顎をつかんで、無理矢理画面に目を向けさせ、津賀は面白がっていた。

(うぁあああ……くっそぉ!)

ベンチに寝たまま、仁希は頭をかきむしった。これで忌まわしい記憶が消えてくれるものなら、ハゲになってもいい。

けれどももちろん、消えはしない。恥辱にまみれた一夜を、脳の奥底へ押し込んで圧縮しようと努力しながら、仁希は繰り返し津賀を呪った。

(死ね。マジで死ね。サイテーや。悪趣味すぎる。けど……あのあとどうなったんや?)

へたばっていた自分は、津賀がビデオカメラをどうしたのか見ていなかった。どこへ置いたのか、記録された映像はどうなったのか。

なすすべもなく犯されて何度も達した自分——そんな情けない姿を保存されるだけでもプライドはずたずただ。画像を何度も津賀に眺められることを想像したら、怒りがこみ上げる。あの澄ました顔が変形するまで殴ってやりたい。

とはいえ、津賀が一人で眺めるだけならいい。いや、ちっともよくないが、まだましだ。画像を他へ流されることに比べれば。

(もし……もしあのオッサンが、ビデオをダビングしてその筋へ売ったら、どうなる? いいや、ネットで流したら……)

以前、誰の家にいた時だったか。パソコンを怪しげなサイトにつないで、モザイクもぼかしも一切入っていないエロ画像を次から次へと見たことがある。盗撮らしいパンチラ写真から、ラブホテル備えつけビデオの消し忘れと称する男女のからみまで、いろいろだった。男ばかり三人で酒を飲みながらそれを眺めて、貧乳だとか、でも色は綺麗とか、ヤラセくさいとか、好き勝手なことを言って笑った。

あの時は他人事としか思っていなかったが、もし、自分の画像がネットに流れて、知らない誰かがそれを見ながら、笑っているとしたら——そう考えた途端、自分の顔から血の気が引くのがわかった。頭の芯が冷たくなる。

『こいつ、ぶち込まれてよがってんじゃん』

『最初はぎゃーぎゃーわめいてたくせに。我慢汁だらだら垂らしてやがんの』

『あ。またイった』

そんなふうに、まったく知らない誰かが自分の画像を見て、面白半分に喋り散らす——想像するだけで、髪の毛が逆立つ気がする。もっとおぞましいのは、桑山のような変態が自分の画像をパソコンに保存することだ。もしもそいつが自分の痴態を眺めつつ、不気味な笑いを浮かべ荒い息を吐いていたら……。

「ぎゃあああああああ！　やめてくれ、キモイーっ!!」

仁希は跳ね起き、髪をかきむしって絶叫した。向こうを歩いていた親子連れがぎょっとしたようにこちらを見たあと、母親が子供の手を引っ張り、逃げるように急ぎ足で去っていく。

精神に問題のある人と思われたのかもしれない。

しかし他人の反応に構ってなどいられない。

(冗談やないぞ。オレの犯られてるとこが、変態男のマスかきのオカズ……うぁあああ。あかん。あかんて。それだけはやめてくれ。絶対イヤや)

これ以上想像したら、自尊心が粉末にまですりつぶされてしまう。そうでなくても昨日さんざん津賀に嬲られ傷つけられ、元の三割程度にすり減ってしまっているのだ。

(あのカメラを見つけて、中身を消さな。オレ、生きていかれへん)

こんなところに座り込んでいる場合ではない。津賀は今日仕事だと言っていた。留守のうちに家に忍び込んで、ビデオカメラと、映像を記録したメモリーカードを捜さなければ。

仁希は立ち上がり、駆け出した。昨夜責め立てられた体のあちこちが悲鳴をあげたが、焦りは痛みを上回っていた。


津賀の家に着いた時には、完全に夜になっていた。藍色《あいいろ》に暮れた空を背景に、鉄筋コンクリート二階建ての角張ったシルエットが鎮座している。

やはり、一人で暮らすには大きすぎる家だと思う。

(オレやったらイヤやな。夜、真っ暗なこの家に帰ってきて、自分で電気点《つ》けるて……ムチ

ャクチャ寒々しい）

ふと、自分が祖母と暮らした家を思い出した。古くて狭かったが、あの家へ帰るのをいやだと思ったことはなかった。ランドセルを背中で揺らして路地を駆け抜け、『祖母ちゃん、ただいまァ！』と大声で言いながら玄関を引き開けた。

（祖母ちゃん、どうしてんのかな。病院から老人ホームへ移ったはずやけど、居心地ええんやろか。全然会いにいかんで、寂しがってるかなァ。……そやけど大阪まで帰る金ないし、帰ったかて『仁希、お前今何してるんや』て尋ねられたら、返事でけへん……）

はあ、と大きな溜息をついたあと、仁希は我に返って強く首を振り、感傷を追い払った。

門の前で突っ立っているのを近隣の住人に見咎められては困るし、いつ津賀が戻ってくるかわからない。どの窓も真っ暗だから、まだ帰宅してはいないだろう。

朝、この家を出る時に、津賀が門扉に施錠していたのを見た。中へ入るには塀を越えるしかない。あたりを見回し、人気《ひとけ》がないのを確かめて、仁希は石塀に飛びついた。スニーカーの裏を塀に押しつけ、腕の力で上体を引き上げる。

「あらよっ……と」

塀を乗り越え、庭に飛び下りた。警報ベルの音も、誰かが騒ぎ出す気配もない。

（うあぁ、無茶な動きしたら、ケツ痛い……。あいつ、マジで殺す。とにかくビデオや。どこか、鍵《かぎ》をかけ忘れた窓がないかな。フツー玄関を閉め忘れてはないやろし）

思いながら玄関に回ってみた。ドアノブに手をかけて引くと、なんの抵抗もなく開いた。

(……て、ほんまに忘れてんのかいっ。不用心すぎやろ!)

自分のためには都合がいいのだが、心の中でツッコミを入れずにはいられない。

仁希はドアの中に体をすべり込ませた。中は暗い。うっかりつまずいて怪我をしないようにと、玄関に立ったまま、目が闇《やみ》に慣れるのを待った。

(なんや?)

目が慣れると、奇妙な物が見えてきた。濃い茶色のフローリングの上に、白っぽく靴跡が残っている。誰かが土足で家に上がったのだ。しかも出ていった靴跡はない。

(泥棒か? それも、まだ中に居座ってるぞ)

普通なら外へ逃げて警察に通報するところだろう。だが自分の立場を考えればそうはできない。それにもしも捜査の手が入り、盗品を証拠として押収されたら、レイプ画像が記録されたメモリーカードは、自分の手が届かないところへ行ってしまうかもしれない。

泥棒はおそらく一人だ。不意を突けば勝てるのではないだろうか。

(あのビデオカメラ、確かデジタルのええヤツやった。メモリーカードが入ったまま、『値打ちモン見っけ』みたいな感じで泥棒に持っていかれたら、オレがえらいことになる)

逆に、うまくいけば利用できる。

泥棒をつかまえて、ビデオカメラやメモリーカードを持っていないことを確認したうえで逃がすのだ。そのあと自分がメモリーカードを見つけてデータを消すか、ビデオカメラごと持ち出せばいい。津賀が帰ってきて紛失に気づいても、泥棒の仕業で片づくだろう。

（もともと泥棒やし、窃盗の一個や二個、なすりつけても別にええやろ）

仁希はスニーカーを脱いだ。フローリングの上では、靴裏のゴムが接地する時と離れる時に小さな音が鳴る。ソックスだけの方が気づかれないだろう。

靴跡を追って奥へ進んだ。廊下の奥の、二階へ上がる階段へと続いている。

仁希が昨日、この家の中で足を踏み入れたのは、一階の風呂とトイレとＬＤＫ、そして地下室だけだ。だから二階にどんな部屋があるのかは知らない。手すりをつかみ、音がしないように気をつけて階段を上がった。

廊下のずっと奥にある部屋のドアが、半開きになっていた。光が漏れ、人の動く気配が伝わってくる。

（あの中やな……）

焦るな、焦るなと自分に言い聞かせて、仁希はドアの方へと一歩踏み出した。一階の床はフローリングだが、二階の廊下には絨毯《じゅうたん》が敷いてある。足音は聞こえないはずだ。

一歩、二歩と進んだ。

部屋の中では紙をばさばさ言わせる音と、うろつき回る重い足音がしている。不意を突こうと、仁希は全神経を耳に集めて次の一歩を踏み出した。

その瞬間、ソックスの下で、何かがすべった。摩擦が消えた。

「ふぁ!?」

踏み出した足が止まらない。バレエでしかやらないような前後開脚に、股関節が引きつる。

仁希は派手な音をたてて廊下にひっくり返った。足元からふわりと舞い上がったのは、半透明のポリ袋だ。

(ゴミはきっちりゴミ箱へ捨てんかい、アホーっ!)

津賀を呪った。

が、もう間に合わない。この物音が聞こえないはずはない。

ドアの中にいた泥棒が飛び出してきた。逆光になって顔はわからないが、体形から見て間違いなく男だ。

「待てっ!」

夢中で体を起こし、横を駆け抜けようとする男に仁希はタックルをかけた。預金通帳や印鑑を盗まれて津賀が痛い目を見るのなら大歓迎だが、ビデオカメラは困る。カメラだけならまだしも、昨夜の映像入りメモリーカードは絶対に困る。

奥の部屋の明かりは届かない。暗がりの中での取っ組み合いになった。だが相手の方が力が強い。振り払われた。

「待て、言うてんのに……うわっ!!」

必死に上体を起こしてジャケットをつかんだものの、肩口を蹴られて、手が離れた。重い足音を響かせ、男は階段を駆け下りていった。そのあと、玄関ドアを叩きつける音が階下から響いてきた。逃げられた。

「くそったれ……なんやねん、あいつ」

仁希は体を起こした。それでなくても体の節々が痛むのに、振り払われた時廊下に打ちつけた腰や、蹴られた肩がじんじんする。

蛍光灯のスイッチは大抵この辺にあるはずと見当をつけ、壁を探った。さっき男が逃げ去った時、何か小さな物が、かつんと音をたてて床に落ちた。メモリーカードかもしれない。

スイッチを押すと廊下が明るくなった。リングでつないだ二つの鍵が落ちている。

(なんや、鍵か)

鍵ならば用はない。放っておいて、仁希は明かりが灯《とも》ったままの部屋に足を向けた。

戸口から覗いた。この部屋は書斎らしい。パソコンが乗った大きな執務机や、革張りの肘掛け椅子、書類を入れるラックなどがあり、壁の三面を背の高い本棚が占領している。窓から明かりが漏れてこなかったはずだ。

引出は全部抜かれて中身を床にぶちまけられているし、男が逃げ出す時に慌ててぶつかったのか、椅子やゴミ箱が倒れ、室内は悲惨な状態だった。

ざっと見回し、床に散らかった物を取りのけてみたが、ビデオカメラはない。

（テレビとかDVDを置くような部屋が、どっかにあるんかな。それとも昨日の地下室に置きっぱにしてあるか……そやな。今朝《けさ》はオレをさっさと追い出しやがった。急いでたんやから、片づける暇はなかったんと違うか）

書斎を出た仁希は、地下へ急いだ。ドアに鍵はかかっていなかった。

ライトを点けると、見たくもないアスレチック機材が目に入る。昨夜、あれに縛りつけられてさんざんな目に遭ったのだと思うと、ばらばらに壊してやりたくなったが、そんな暇はない。

部屋の隅に小型のロッカーと扉つきの棚があったので、仁希はそばへ行ってみた。棚にはメンテナンス用らしい工具箱や、自分の手足を縛ったのと同種のベルトなどが入っていた。舌打ちして次々と戸棚を開けたが、ビデオカメラは見つからない。

ロッカーの戸に手をかけたところ、こちらは鍵がかかっている。

（怪しい。この中か？）

ロッカーの鍵など大したものではないはずだ。仁希は工具箱に手を伸ばした。一番細いドライバーを鍵穴に突っ込んで動かしてみる。だが簡単そうに見えて、開かない。

苛立った仁希は舌打ちした。

「むかつく。ロッカーごと持ち出したろかな……けど、入ってるかどうかが問題や」

「その中身は、大人の玩具《おもちゃ》だ」

忘れるはずもないかすれ声に、仁希の体が跳ねた。

振り返ると、部屋の入り口に津賀が立ってこちらを見ている。この部屋は防音がいいという話だった。そのせいで帰宅の気配にまったく気づかなかったのだ。

スーツのポケットに両手を突っ込んだ横着な姿勢で、津賀が馬鹿にするように笑った。

「ただし昨日お前に使った分は、ゴミ箱へ放り込んだ。まだ補充はしていないから、ローションぐらいしか入っていないぞ。……昨日のお遊びが、そんなに気に入ったのか？」

「ふ……ふざけんな、この変質者！」

仁希の頭の中が、カッと熱くなった。理性が吹っ飛んだ。人を見下したあの傲慢《ごうまん》な顔を、形が変わるまで殴りつけてやらなければ気がすまない。

身をひるがえし、突進した。

あと四歩、というところで津賀が右手をポケットから抜いた。握っていた何かを、仁希の足元めがけて転がす。

「……おわっ⁉」

止まりもよけもできない。まともに踏んだ。足がすべり、仁希はうつぶせにひっくり返った。

体を起こすより早く、腰に膝を乗せて体重をかけられ、思わず呻き声がこぼれる。

「ぐっ！　放せ、この……‼」

津賀の手が、自分の右腕をつかまえてねじ上げた。硬質な音と同時に、親指に金属が触れた。続いて左手も同じ目に遭った。背中にかかっていた津賀の重みが消えた時には、後ろ手での拘束が完成している。

床に落ちている細いボールペンが見えた。津賀が転がしたのはあれだったらしい。

「何したんや、外せ！　外せって!!　なんや、これ!?」

「サムカフ……日本語では指錠という。韓国では軍や警察にも採用されている拘束具だ」

言いながら津賀は、仁希を引き起こして立たせ、壁の鏡に映して背後を見せた。仁希の両手親指をつないでいるのは、両端に穴が開いた金属板だった。

「便利な物だろう？　鍵を使うか、指を切り落とさない限り外せないし、手錠と違って、服のポケットに入れておいてもかさばらないのがいい」

「普段からこんなモン持ち歩いてんのかい！」

「家に帰ると泥棒が忍び込んでいるご時世だ。身を守るために仕方なく持っている」

「嘘つけー!!　仕方なくと違うやろ、喜んで持ってるやろ！　だいたい、指錠のどこが護身用や！　それに部屋を荒らしたんはオレやない、先に別の空巣が来てたんやからな!!　廊下の靴跡を見てないんか!?　オレはちゃんと靴脱いだ！」

立て続けにツッコミを入れると、津賀が眉《まゆ》をひそめて仁希の足元を見た。どうやら靴跡に気づいてはいたらしい。

「来い」

短く言うと、津賀は仁希を引っ立ててトレーニングルームを出た。

十分後、仁希はＬＤＫのソファに座っていた。ただしまだ指錠は外してもらえず、後ろ手に拘束されたままだ。

玄関に脱いであった仁希のスニーカーと床についた靴跡を比べ、津賀は『もう一人、侵入者がいた』という言葉を信用したらしい。さらに、仁希と取っ組み合った空巣が二階の廊下に落としていったのは、この家の玄関と門扉の合鍵だった。

空巣は侵入した際に、門扉だけは施錠したものの、玄関の鍵をかけなかったようだ。慌てていて忘れたのだろうか。

「他の侵入者がいたというのは本当らしい。合鍵を作る時間はお前にはなかったはずだ。何があった？」

津賀は仁希を引っ張ってＬＤＫへ行き、放り出すようにしてソファに座らせた。仁希はおとなしく従った。指錠が外れない限り暴れても無駄だとわかっていたからだ。外へ逃げ出すことも考えたが、この格好では怪しまれて警察へ通報されかねない。

「オレがこの家へ入ったら、玄関のドアに鍵がかかってなかった。床に奥へ行く靴跡だけがついてたから、泥棒はまだ中におると思て、つかまえようとした。取っ組み合いになったけど、逃げられた。そん時あいつが鍵を落としていった。それだけや」

「顔は見たのか？」

「暗かったから見てない。男には違いないけど、それ以上のことはわからん。ただの空巣とは違うみたいやな。合鍵を作ってるて……心当たりはないんか」

「ありすぎてわからない」

「なんや、それは！」

「あちこちで恨みを買っているんだ。お前のような、無理矢理犯った相手もいるし、惚《ほ》れられて飽きて捨てたのとか……色事抜きでも恨んでいる人間は多いだろう。人のいやがることをたくさんやっているからな」

「そんだけわかってて、自分の生き方を反省しようていう気はないんか」

「他人の怯えたり怒ったりする顔を見るのは楽しい」

「間違うてる！　そういう趣味は間違うてるぞ、いろいろと!!」

仁希の非難を無視して、津賀はキッチンの方へ歩いていった。冷蔵庫を開けて缶ビールを出し、直飲みしている。

「あーっ、オレも！　オレもほしい！　飲ませ！　くれ!!」

プルタブを引く音、炭酸の漏れる響きを聞いただけで口の中に唾《つば》が湧《わ》き、仁希は夢中で叫んだ。朝から百円バーガーを二つ食べただけで、そのあとはいっさい飲み食いをしていない。気づいた途端に、喉の渇きが耐えがたいほど強く感じられた。

津賀があきれたように目を瞬く。

「……図々しい奴だな」

「ええやないか。目の前で一人で飲むなや。めっちゃ喉渇いてんねん。一本ぐらい分けてくれてもええやろ」

苦笑したものの、津賀は自分の缶以外にもう一つ、新しい缶を手にしてリビングスペースへ戻ってきた。ソファには座らず、背もたれ越しに手を伸ばしてテーブルに置く。

「ほら、飲め」

「……飲めるかーっ！」

津賀は素知らぬ顔で上着を脱ぎ、ネクタイをゆるめている。仁希はソファから腰を浮かせ、体をひねって指錠を見せながらわめいた。

「オレの空巣の疑いは晴れたやろ、これを外せ！　こんな状態で缶を開けられるかっ！」

そんなことは百も承知で、仁希をからかったらしい。楽しげに喉を鳴らして笑ったあと、津賀は向かい側のソファとテーブルの間へ体をすべり込ませ、テーブルの缶を取り上げた。プルタブを引き、仁希の顔の前に突きつける。

そんなことをするより指錠を外せ——とは思ったが、ホップのにおいを嗅ぐともう我慢できなかった。

　自分から首を伸ばして缶に口をつけた。冷えたビールが流れ込んでくる。

　缶を逆さにされたら顔中ビールまみれになるところだが、そこまで子供じみた意地悪はされなかった。適切な角度で傾けられる缶の中身を、仁希は息もつがずに飲み干した。

「ぷはー……うっまぁ……」

　喉の渇きが癒されて、顔も声もゆるみきってしまう。津賀が缶を置いて尋ねてきた。

「もう一缶ほしいか？」

「いや、今はええ……って、そうとちゃうやろ！　ビールはええから鍵を出せ！　いつまでオレの手ェ、こんなんしとく気や⁉」

「何か勘違いしてはいないか。お前の他に空巣がいたのはわかったが、お前も不法侵入したことには変わりないぞ」

　言葉に詰まった仁希の顎に、津賀の指がかかる。ぐいと仰向かされて、見据えられた。

「何をしに戻ってきた？　財布の中に五万円を入れておいてやったはずだ」

「ふざけんなっ！」

「なるほど。五万では不足で、引き返してきて泥棒に入ったわけか」

「アホか、人をなめんのも大概にせェ！　金なんか、一億積まれても引き合うか！　お前みたいなド変態に、オレが納得して体を売ったことになるやないか‼」

どなりつけたら、津賀は眼鏡の奥の瞳を軽くみはった。そのあとで横を向いて、喉にからまるような笑い声をこぼす。

「一億とは大きく出たな。吊り上げるための言い値なら百万ぐらいにしておけ。その方が真実味が出る」

「違うて言うてるやろ！　オレは……」

「金が目当てでないなら、なんのために家へ忍び込んだというんだ？　味を忘れかねて、もう一度してもらいにきたのなら、素直にそう言え」

「誰がや、アホ！　オレはそっち系と違う！」

「よく言う。さんざんよがり泣いて、三回イったくせに」

蔑《さげす》みと哀れみをミックスした目を向けたあと、津賀は仁希を放して肘掛け椅子に腰を下ろした。言い負かしたつもりか、素知らぬ顔で自分のビールに口をつけている。

ソファから腰を浮かせ、身を乗り出して仁希はどなった。

「あ、あれは……あれは違う！　つまり……か、体が勝手に反応しただけや！　泣くつもりのない時でも、鼻毛を抜いたら涙が出るやろ！　それと一緒や!!」

必死で反論した瞬間、津賀が激しく咳《せ》き込んだ。ビールが気管に回ったらしい。

「も……もっと、ましな例えは、ないのかっ……!!」

「知るか。とにかく、オレは負けてへんからな」

完敗なのはわかっているが、津賀本人に対して負けを認めるのは絶対いやだった。虚勢でもいいから、平気なふりを装いたかった。

　しばらくむせたあと、津賀は笑い声をこぼした。

「お前は本当に面白い。自分の反応を、鼻毛と同レベルで話す奴は初めて見た。……だが、嘘だな」

　最後の断定は、真顔でつけ加えられた。

「だったらこの家に不法侵入する理由もないだろう。昨日の経験を不快に思っているなら、自分がレイプされた現場に足を踏み入れようとはしないはずだ。それがわざわざ地下へ入って、ロッカーを荒らしていたのは、また同じことをしてほしいと思って……」

「思うか、ボケ！　ビデオを取り返しにきただけや‼」

「……そういう理由か。それなら頷ける」

　津賀の言葉にハッとして仁希は口をつぐんだ。が、もう遅い。誘導尋問に引っかかって、正直に目的を白状してしまった。

「それで、金目の物など置いていない地下室へ入り込んでいたわけだ。取り返すも何も、あのビデオカメラはもともと私の所有物だ」

「オレを勝手に撮ったやろ！　カメラは要《い》らんし金も要らん、メモリーカードだけよこせ！」

目的を知られてヤケになり、仁希はわめいた。

「さて、どこへやったかな……そもそもビデオカメラからカードを抜き出したかどうか、思い出せないな。泥棒が持って逃げた可能性もある。あのビデオカメラは、叩き売っても十万ぐらいにはなるだろうし」

「持ってなかった。タックルかけて取っ組み合いになったんや、あんなもんを持ってたらわかる。……ていうか、カメラはどうでもええ、オレの画像や！　よこせ‼　そうでなかったら消せ！　ネットへ流したりしたら、マジで殺すぞ！」

「それだけのために戻ってきたのか。物好きな」

津賀が苦笑して、肘掛け椅子の背もたれにかけた上着のポケットに手を突っ込んだ。取り出したのは、銀色の小さな鍵だ。指錠の鍵に違いない。期待に仁希は腰を浮かせた。

「はよ外せや。いつまでもこんな格好してたら肩が痛い」

「そうだな……」

思わせぶりに呟いて、津賀は鍵を、応接セットの隣、広く空いたフロアへと放り投げた。

「な、何すんねん！」

家具の隙間へでも入り込んで取れなくなったらどうするつもりか。仁希は慌てて立ち上がり、鍵を取りにいこうとした。だが後ろ手に拘束されて、バランスが取りにくい。ソファとテーブルの間を通り抜けたはいいが、足がもつれて床の上へ転んだ。

「てっ！　くそ、この……」

膝を打ちつけた。目の前一メートルほどの場所に、鍵が光っている。けれども、

(えーと……どうやって拾て、鍵穴へ入れたらええんや？)

当惑し、仁希は体をひねってソファの方を振り向いた。

「おい。こんなん、自力で外しようが……」

「わかっている、外してやる。……だが不法侵入の処罰が先だ」

「ハァ!?　て、何してるんや、コラ！　やめェ、アホーっ!!」

しまったと思った時には、もう遅い。仰向けにひっくり返された。そばに膝をついた津賀が、仁希のダメージデニムを下着ごと引き下ろす。

「ま、まさかまた犯る気か!?」

「他に、下を脱がせるどんな理由がある。……生理的に体が反応しただけなのか、本当によがっているのか、見せてもらおう」

嘲笑を含んだ声を聞いた瞬間、頭に血が上った。

「この、ボケっ！」

着衣から抜き出されて自由になっていた右脚で、力一杯蹴りつけた。

「ぐっ……!!」

当たったのは顎だ。津賀がのけぞった。

後ろに手をついて体を支えようとしたらしいが、持ちこたえきれなかったか、尻餅《しりもち》をついた。顔から眼鏡が落ちるのが見えた。

（へっ。ザマ見やがれ）

会心の笑みが顔に浮かぶのがわかる。

が、状況は少しも好転していなかった。

両手は拘束されたままだし、体を起こした津賀は、もはやその顔に嘲笑も冷笑も浮かべていない。青みを帯びた黒色の瞳が、ひどく冷たい。

（あ、あれ？　ひょっとして、マジ切れしてる……？）

仁希の背筋を冷たい汗が流れた。

「やってくれるじゃないか。おかげで口の中を噛んだ。どうやらポーズではなくて本気でいやがっているらしい」

「最初からそう言うてるやろ！」

「私も言った。『いやがる相手でないと、本気になれない』と」

「傍迷惑《はためいわく》や！　そんな趣味はソッコーで直せ‼」

「簡単に直るようなら、誰が苦労するか」

吐き捨てる口調で津賀は言い、仁希の両脚をつかんだ。ぐい、と体を引き起こす。ただし、上下を逆にして。

「ち、ちょっと待てっ！　何、無茶なカッコさせんねん!!」

仁希の口からこぼれた声は、情けなくも、悲鳴に近い響きを帯びていた。

肩と後頭部を床につけて体を逆さに立て、脚は九〇度ぐらい開いて前へ倒した格好だ。開脚前転を途中で止めた状態に近い。仁希の目からは、大きく広げられた自分の脚と、その間、自分の背後から覗き込むようにしてこちらを眺め下ろしている津賀の顔、そして天井が見える。

津賀からは、自分の股間と後孔が至近距離で見えているはずだ。仁希の顔が一気に熱くなったのは、上下を逆にされて頭に血が下りてきたせいだけではなかった。

「お前、アホかーっ！　男にこんなカッコさせて何が嬉しいんや！　てか、痛い!!　肩痛い、背中痛い、後ろ頭も痛い！　マジで痛いって!!　背骨折れる！」

「……やかましい奴だ」

呟いて、津賀が自分の方へ仁希の腰を引き寄せた。丸まっていた背中が伸びて、少し楽になった。が、それ以上の衝撃が仁希を襲った。

「ひぁっ……!!」

あたたかく湿った感触は、津賀の舌だ。それが自分の後孔に触れている。

「何してんねん、このド変態！　うぁっ……や、やめェ!!　正気か!?」

昨日、さんざんいじくり回された場所だった。だがそれは玩具と指、そして津賀自身の性

器を使ってだった。どうにか男同士の行為として理解できる――賛同する気はまったくないにしても――範囲内だ。

けれどもこんな場所を舐め回すなど、狂気の沙汰としか思えない。

「やめェ、アホ！　やめェ言うてるやろ、何考えてるんや‼」

「潤滑液もなしに入れたら、裂ける。怪我をさせるつもりはないと、昨日言っただろう」

「それなら最初からやめとけ！　あ、ぐっ……せ、背中、痛い……く、ふぁっ……‼」

両脚を抱えた津賀が、仁希の体を胸にもたれさせるようにして支えている間は、楽だ。しかしほんのわずかでも前へ倒されると、丸めた背中や、体重のかかる肩に激痛が走る。フローリングの床なので、なおさらだ。

自分の腿の間から、津賀の顔が見えた。とがらせた舌先が、中へ入ってくる。

「やめェ、言うてるのにっ……あ、ぁう！　こんな、こんなとこ……」

制止する声が震えた。

病院で見た津賀は丁寧な言葉遣いと的確な手技で、いかにも有能な医者という雰囲気だった。昨夜、公園で会った時も、メタルフレームの眼鏡とスーツがよく似合って、いかにもエリートの頭脳労働者という雰囲気だった。小学校から大学まで一切問題を起こさず、トップクラスの成績を守って進級し、医者になったのだろう――そんなふうに思わせる雰囲気が、津賀にはある。

そういう男が今、薄い唇の間から濡れた舌を覗かせ、必死で拒む仁希の、もっとも恥ずかしく不浄な部分を舐め回している。

さっき仁希が顔を蹴ったせいで乱れた前髪が、一筋二筋、津賀の目元に落ちかかっていた。眼鏡が飛んでいったため、切れ長の眼が直接見える。

視線が合った瞬間、津賀の瞳がにやりと笑った。

女とは種類の違う、成熟した男の色気が吹きつけてきて、仁希の背筋がざわついた。

津賀の舌が、襞を広げるように丁寧に動き回った。さらに、中へ——あたたかく濡れた感触が、肉孔を犯している。

「あぁっ！　こ、この、変態……うっ、ん……」

異常な行為をしているのは津賀で、自分は何一つ恥じるようなことはしていない。そのはずなのに、激しい羞恥にさいなまれるのはなぜだろう。

背徳的な光景が、意志に反した興奮をかき立て、まともな思考力を食い荒らしていく。

「くはぁっ、あ、ぁ……も、頼む、やめ……いやや……あぁっ！」

舌の動きに応《こた》えるように、自分の後孔がひくつくのがわかった。

声からも体からも、力が抜けていく。

認めたくない。後孔を舐め回され、舌を入れられて、自分が感じているなどとは、絶対に認めたくない。

けれども男の体は、快感を隠せないようにできていた。

(なんでや……なんでこんなことされて、オレ、勃《た》ってきてんのや……?)

体が意志を裏切って、反応していた。

すでに半分以上勃ち上がり、先端には蜜液《みつえき》がにじみ始めた。

(こんな……こんな、ことされて……)

津賀の舌が自分の中でうごめいている。奥深くまで侵入して刺激したかと思うと、ずるりと抜けて、穴の周囲を舐め回し、唾液を塗りつける。敏感な薄い皮膚に息がかかって、くすぐったさに体が震えた。

不意に舌が離れて、これで終わりかと息をつく。

けれども次の瞬間には、またすべり込んできて、内部をくすぐるように動く。

時には後孔を離れ、陰嚢《いんのう》を舐め上げる。それでいて、肉棒には決して触れようとしない。

それがもどかしく、焦れったい。

「ひ、ぅ……やめ……やめてくれ、いやや……こんな……ん、ぅうっ……」

喘ぎ続ける仁希から、舌が離れた。笑いを含んだかすれ声が聞こえてきた。

「素直に認めろ。気持ちいいんだろう?」

「ち……ちが、うっ!」

必死に否定しようとしたが、その瞬間に陰嚢に唇を押し当てて、軽く吸われた。

初めて味わう快感に、性器が完全に勃ち上がる。先端からこぼれる蜜が、自分の体にしたたり落ちた。

「や、やめ……あっ、く……うぅんっ……」

こぼれた声は、自分でも情けないほど弱々しい。拒絶が虚勢でしかないのを見抜いた表情で津賀は笑い、また仁希の後孔を舌で犯し始めた。

「や、ぁ……んっ、うぅ……」

大声でわめくだけの力が失われた頃、津賀の舌が抜けた。

「そろそろ、いいだろう」

抱え上げられていた腰を床へ下ろされ、仰向けに寝た形にされた。ただし開いた下肢の間に、津賀の体が割り込んでいる。ベルトのバックルが鳴る音、ファスナーを下ろす音が聞こえたあと、両脚を抱えられた。

唾液をたっぷり塗りつけられた場所に、熱く硬い怒張が触れる。

「ぁ……ああっ!! はな、せ……あう、ぅ、んっ……」

灼熱が押し入ってきた。

仁希がもがくたびに侵入は止まる。だが、息を吐いた瞬間に、再びねじ込まれる。

「昨日に比べて、力の抜き方がわかってきたらしい。覚えが早いな。もともと素質があったんじゃないか?」

「違う、オレは……くあぁっ！　や、やめェ、そこ……あ、ああ、ぁ！」

津賀が耳を貸してくれるはずもない。

深く入れるのではなく、比較的浅い、仁希が一番感じる場所を突き上げてくる。津賀自身が快感を得たいのなら深く根元までねじ込む方がいいはずなのに、仁希を感じさせることに主眼を置いているらしい。

内側から何度も突かれ、さらに外側から指で会陰部の皮膚を繰り返し押された。前立腺《ぜんりつせん》を二方向から刺激されては、どうしようもなかった。

快感としか言いようのないものが、繰り返し脳へ走り抜ける。

「くぅっ！　あっ、あ……そこ、やめ……やめてくれ、もう……んうっ!!　ひ、あぁっ！」

突き上げられるたび、体が跳ねた。反抗心をかき集めて、必死に拒否の言葉を口に出すものの、合間合間に自分でも耳を塞ぎたくなるような嬌声《きようせい》が混じった。

もっと、ほしい——そんな思いがにじみ出すのを、仁希は必死で抑えつけた。

（あかん。こんなヤツの思いどおりになったら……）

けれど体が言うことを聞かない。

「使い古しの台詞を言ってやろうか？　『ここは、いやがっていない』。そうだろう？」

「く、はうっ！」

先走りをにじませた亀頭部を、指の腹で軽く撫でられた。

ぬらつく感触に、仁希の体が反り返った。足の指が何かをつかもうとするように、きゅっと曲がった。自分でマスターベーションをした時の経験でわかっている。いつもそうだ。先端を刺激すると、足の裏が勝手にひくひく痙攣する。

津賀の指が、先端から裏筋を伝って陰嚢へとすべり降りた。ごく弱い力で撫で回され、また足の裏に弱電流が走る。

「あ、ぁ……はぁ……」

「したたり落ちるほど汁をこぼして、触られたら体をびくびく震わせて。それで『いや』か。見え透いた誘い方だ」

自分をこんなにも感じさせ、よがらせているのに、津賀の口調はどこまでも平静だった。息が多少荒くなっているようだが、あくまでそれは運動のせいで、興奮しているわけではないらしい――そういうところが、憎たらしい。

「違うっ！　誘ってなんか、ないっ……お前、が、勝手に……!!」

「そうか。なら、やめておこう」

中途半端に快感をかき立てておいて、津賀の手は仁希自身から離れていった。

「やっ……」

思わず喘ぎがこぼれる。ほしい。もっと刺激がほしい。なぜやめてしまうのか。

（……違う。違うんや。ほしいなんて、思てない。こんなヤツになんか、オレは……あ、あっ、また、そこ……）

あっさり手を放したものの、後孔への責めは続いていた。

最初のように感じやすい浅い部分だけをえぐるのではなく、今は根元まで突き入れてくる。奥深くまで貫いて仁希をのけぞらせておいて、不意打ちでまた前立腺の裏側を責める。

「やっ、やめ……そこ、あかんっ！　頼む、やめ……あぅ！　あああぁっ……!!」

痛みと圧迫感はある。けれども抜き差しされる感触がもたらす心地よさは、それをはるかに上回る。快感の大波に何度も洗われ、拒絶の意志が溶けていく。

「本当に馬鹿な奴だ」

津賀の声が聞こえた。

「昨日会った時に言っただろう。来たければ来い、と。来ないという選択肢もあったのに、私を信用したりするから、ひどい目に遭うんだ。今日は今日で、命じもしないのに自分からここへ戻ってきて……だからこういうことになる」

声ににじむ奇妙に優しい響きは、哀れみか、それともまた別の何かだったのか。けれどもそれを判断する力は、もう仁希には残っていなかった。

愛撫がほしい。もっともっと、気持ちよくなりたい。

後ろからの刺激だけでは足りない。

「ふ、うっ……もう、や、ぁ……こんなん、こんな……あ、熱いっ……あぁ、あ！」

両手は拘束されていて、限界まで張りつめた自分自身に触れることができない。それでも腰を動かすと、性器がTシャツの布地にこすれる。そのわずかな刺激を求めて、うわごとめいた声をこぼしながら、必死に身をよじった。

「しごいてほしいか？　だったら、そう頼め。お前自身の言葉で、こっちも可愛がってほしいとお願いしてみろ」

動きを速め、息を荒くしながら津賀が命じる。

（あかん……こんなヤツの言うこと聞いたら……）

自制の意志が一瞬だけ心をかすめたが、体ごと揺さぶられるたび背筋を駆け上がる快感が、すぐにそれを消し去ってしまった。

もはやプライドも反発もない。泣きながら哀願した。

「し……しごい、て、くれ……!!　あぁっ、も……もうあかん、イきそうっ……　はよ、触って……く、ぅうっ！　頼む、から、ぁ……!!」

「だめだ」

自分で命じて請わせておきながら、津賀は一言で切り捨てた。

「触ってはやらない。女のように、穴に突っ込まれた快感だけでよがり狂って、達してしまえ。お前にはそれが似合いだ」

「卑怯、者っ……はぅっ！　あ……あああぁ！」

罵《ののし》り声とともにこぼれた涙は、悔しさからか、それとも快感によるものだったのか。わからないまま、とろとろとあふれ出させて、仁希は果てた。


気がつくと、リビングの床に転がっていた。指錠は外されていたが、下半身はむき出しのままだ。脱がされたジーンズとボクサーショーツが床に散らばっている。

（また、負けた……）

よがり狂わされたあげく、自分からしごいてくれと頼み、しかも拒絶された。

これ以上はない完敗だ。

津賀はいない。シャワーの音が聞こえてくるから、意識を失った仁希を放っておいて、浴室に行ったのだろう。

（服を着せェとは言わんから、せめて何か腰の上にかけとけや。丸見えやないか。……ほんまにサイテーなヤツや。あいつが風呂入ってる間に、家に火ィつけたろか）

心の中で罵った。放火してしまえばメモリーカードも——この家に隠してある場合の話だが——が、燃えてしまうだろう。しかしさすがに、それを実行するほど感情的にはなれない。巻き添えを食らう家具や庭木が可哀相だ。

（……どうやったら、あのオッサンに勝てるんやろ。畜生、腹立つ……）

汚れた体をティッシュで拭《ぬぐ》って、のろのろと服を身につけた。体の節々が痛んで、すばやく動けなかった。

空気を入れ換えようと、窓を開けた。塀が高いので、外から見られる心配はない。

床には白い液体が飛び散っていた。津賀の手で弄ばれた自分が二回達した、そのなごりだ。敗北の証《あかし》のようで、気分が悪い。

ティッシュで拭《ふ》いてみたけれども、生乾きになっていて簡単には取れなかった。意地になって床を拭き続けた。

「……何をしているんだ、お前は」

あきれたような声に振り向くと、パジャマ姿の津賀がＬＤＫの入り口に立っている。ドライヤーを使わなかったらしく、癖のない髪が濡れて光っていた。

（くそ、このド変態が……）

負けたという思いを顔に出したくはない。悟られたが最後、津賀に徹底的に蔑まれ、嘲笑われるだろう。痛む体を起こしながら、なけなしの気力をかき集め、落ち込んでいないふりを装って仁希は文句を言った。

「オッサンがそのままにしていくからやろ。ヘトヘトの人間に後始末をさすな、アホ。……風呂空いたんやったら、貸せ」

珍獣を見るような眼で仁希を眺め、津賀は呟いた。

「……平気なのか？」

「平気なわけあるか、このレイプ魔。全身痛い、いうねん」

特に、無理矢理開かされた股関節と、フローリングに長時間押しつけられた肩と背中、体重を受け止め続けた両手が痛む。

津賀が感心するように首を振った。

「あれだけのことをされて、まだそんな憎まれ口が叩けるとはな」

「なんでオレがおとなしィするんや。悪いことしたんはお前で、オレは被害者やぞ。なんも悪いことしてへん。……どけ。オレもシャワー浴びる」

仁希は津賀を押しのけ、よろめく足取りで浴室へ向かった。津賀の前だけでも弱みは見せたくないのに、足腰ががくがくしていて壁にすがらなければ歩けないのが、情けない。

笑いを含んだ声が聞こえた。

「ふらついているじゃないか。手を貸してやろうか？」

「要らん」

「着替えがほしければ、一番下にバスローブが入っている。好きに使え」

「んなモン着て外へ出たら、変質者扱いで逮捕されるわ!!」

「今着ている服を洗濯乾燥機に突っ込めばいい。二時間か三時間で乾くはずだ。……さっさと逃げ出したいというなら、汚れた服で出ていっても別に構わないが」

「誰が逃げるか、アホ！」

売り言葉に買い言葉で、結局洗濯が終わるまでは居座ることになった。とはいえ昨日から同じ服を着たままだったので、実を言えばありがたい。

(妙に気がつくとこもあるんやけどな……て、あかん、あかん。うっかり気を許したら、えらい目に遭うし。それに)

風呂を出た仁希は明かりが点いているＬＤＫへ戻った。津賀はダイニングチェアに座ってコーヒーを飲んでいた。

「廊下を拭いたらどうやねん。まだ泥棒の靴跡、ベッタベタに残ったままやないか」

「足跡を消したら警察の現場検証に差し支える」

「呼んだんか⁉」

思わず一歩後ずさってしまった。前科はまだないが、ヤンキー仲間とつるんでいると、警察にはいろいろと腹の立つ思いをさせられている。津賀が通報したのなら速攻で逃げたい。

津賀はにやっと笑った。

「冗談だ。……ずっと以前、両親が事故死した時に痛くもない腹を探られて以来、警察は嫌いだ。重要な物は盗《と》られていないようだしな。だいたい本気で通報する気なら、お前と遊んで無駄な時間を使ったりはしない」

「遊んだんとちゃうやろ！」

「怒ってばかりいると血管が切れるぞ。それに私は足跡は気にならない。明日にでもハウスクリーニングを呼べばすむことだ」

本気でそう思っているらしい。

「……お、大雑把すぎる……顔と合うてないぞ、全然」

「他人の印象など知ったことか。目障りならお前が拭いたらどうだ?」

「オレは掃除をしにきたんと違う!」

犯られにきたわけでは、もっとないのだが。

落ち着き払ってコーヒーを飲んでいる津賀に、仁希は詰め寄った。

「とにかく、さっきの話や。オレを撮ったビデオを渡せや。でないと、明日もオレは捜しに入る。今度はちゃんと、留守してる時間帯を狙《ねら》うよって」

精一杯の虚勢で脅したら、津賀が唖然《あぜん》とした表情になった。

「まだ懲りていないのか、お前」

「さっき言うた。悪いことしてるんはお前やないか。なんでオレが懲りるんや。言うとくけど、オレは負けてないぞ。指錠をはめられてなかったら、あっさり犯られたりしてへん」

「指錠で拘束されたこと自体が負けだろう」

「負けてないっ! 野球を見てみぃ、九回が終わるまで負けかどうかは決まれへんのや!! 五十点取られても、九回裏で五十一点取ったら勝ちや!」

「そんなに点差が開いていたら、五回か七回でコールド負けだと思うが……」

「う……うっさい！　そしたらサッカーでもええ、最後のロスタイムに敵より一点でも多く取ったら勝ちやろ、それと一緒や。オレがまだ諦《あきら》めてないんやから、勝負は途中やぞ！　ちょっと前半優勢なだけで、ええ気になるな！」

必死でまくし立てたら、不意に津賀が笑い出した。

「面白いな。お前、面白い。……いっそ、この家に住み込んでみるか？」

「なんやて？」

仁希はきょとんとした。津賀の意図がつかめない。

「昨日、ねぐらがないと言っていただろう。毎日出勤時刻を窺って、空巣に通うのも大変そうだ。幸い部屋はいくつも空いている。だから住み込みで空巣をやってみろ。メモリーカード以外に、通帳でも現金でも見つけた物があったら持ち逃げしていい。盗られて困るほどのものは何もない……というより、泥棒に見つかるような場所には置いていない」

「人を泥棒扱いすな、メモリーカードを捜してんのは正当防衛や‼」

「だから、その辺はお前の好きにすればいい。ただし私がいる時に少しでも隙を見せたら、犯すぞ。一種のゲームだ。……どうする？」

確かに今の自分にねぐらはない。迂闊《うかつ》になじみの場所へ戻れば、桑山に見つかる危険がある。それはいやだ。一方、津賀がどれほど危険な人間かも、よくわかっている。

仁希は考え込んだ。

(このオッサンか桑山か、ってか。虎の檻《おり》の中で暮らすか、ゴキブリいっぱいの水槽へ飛び込むか、みたいな二択やけど……メモリーカード、捜さなあかんし……)

どちらかといえば、生理的嫌悪感を伴うゴキブリよりは、虎の方がまだましだ。

津賀をにらみつけ、仁希は答えた。

「そっちこそ、オレに隙を見せたら仕返しされるって覚悟しとけよ。……それと、家賃は払わへんからな」

3

翌日から奇妙な同居が始まった。

意外なことに、居心地はさほど悪くなかった。

津賀は気前がよかった。居候すると決めた仁希に対し、初めにしたのは財布から一万円札をざくっと抜き出し、数えもせずに渡すことだった。

「いつも同じ服というわけにもいかないだろう。着替えでも身の回り品でも食料でも、必要な物があれば自分で用意しろ。足りなくなれば言え」

最初は、今ある食料品は仁希には食わせないという意味かと思ってムッとしたが、冷蔵庫を開けて誤解が解けた。缶ビールとミネラルウォーターと脱臭剤しか入っていなかったのだ。食品戸棚の中にあったのも調味料だけで、それも茶色く変色した使いさしのサラダオイルや、二年前に賞味期限を過ぎた醤油《しょうゆ》などだった。

(まともに揃《そろ》えてあんのはコーヒー豆と酒だけて、なんやねん。食料品もそうやけど、トイレットペーパーも、今日オレが買わんかったら切らすとこやったし。ゴミ袋もどこにあるかわからへんし。そもそも掃除用の洗剤がないってどういうことや)

大雑把というより、家の中のことに関心がないのかもしれない。

着る物については結構きちんとしている。襟の汚れたワイシャツや膝の抜けたズボンは見たことがない。衣類はすべて、ソックスやハンカチに至るまでクリーニングに出しているようだ。なぜ自分でやらないのかと尋ねたら、洗濯乾燥機から移して取り出して畳む、その過程が面倒だという答えが返ってきた。

家の中の汚れが気になってきたら、その都度、業者を呼んで掃除をさせていたようだ。

(いくら家にいてる時間が短いいうても、アバウトすぎるやろ……)

掃除のために居座ると決めたのではない。しかしメモリーカードを捜すにも、家の中を片づけなくては始まらない。何よりも、自分が住む家が埃だらけという状態が、我慢ならない。

初日に手をつけたのはLDKと風呂とトイレだったが、帰宅した津賀は、磨き上げられたフローリングを見て苦笑した。

「お前は本当にヤンキーか?」

「うっさいな。掃除が好きやったら悪いんか。うちの祖母ちゃんは綺麗好きで、だらしないことしてたら、仏壇の前に正座させられて説教やったんや」

「中途半端なしつけだ。掃除だけが好きでも、住所不定無職の状況は、充分だらしないように思うが」

皮肉な笑いにムッとした。自分の状況はともかく、自分を育てた祖母がいい加減な性格のように思われるのは、許せない。

「オレのことはええ。けど祖母ちゃんを知りもせんくせに、中途半端とか言うな」

津賀が目を瞬いたあと、小さく頷いた。

「お前の言うとおりだ。その点は悪かった」

「……」

素直に詫びられると、当惑する。

（なんやねん、レイプとかのムチャクチャをするくせに、すこんと謝ったりして……）

傲慢で皮肉屋で、極悪な真似をするわりに、津賀は奇妙なところで筋を通す。こういう点は、嫌いではない。

「そんなしつけのできるお祖母さんがいたのなら、住所不定になる理由はないだろうに」

「あのまま大阪で暮らしてたら、家出なんかしてへん。祖母ちゃんが骨折したうえ心臓が悪なって、入院してしもたんや。中坊のオレが一人暮らしするんはあかんて言われて、こっちのオカンの家へ引っ越しさせられたさかい……」

「一人暮らし？　親は？」

真顔になった津賀に問いかけられて、我に返った。

ついうっかり自分の育ちを喋りそうになってしまったが、相手は人でなしの津賀だ。情報を漏らしたら、あとでどんなことになるかわからない。

「どうでもええやろ。ほっとけや」

別に、大したことではなかった。

父親は仁希が赤ん坊のうちに死んだため、ずっと父方の祖母に育てられていた。それが、四年前に祖母の長期入院が決まった。一人でも暮らせるつもりだったのに、祖母はどうしても聞き入れてくれず、東京で再婚していた仁希の母親に連絡した。母親には姑《しゅうとめ》に子供を預けっぱなしだった負い目があり、仁希を引き取ることに同意したようだ。

祖母から見れば仁希はまだまだ子供で、大人の保護下に置くべきと思えたのだろう。

だが結果的には失敗だった。

母と、その夫と子供の生活にとって、仁希は突然入り込んできた異物でしかなかった。仁希は仁希で、自分の意志を無視して新しい家に移されたことに、不満を抱いていた。誰にもなじめなかった。学校でも、頭ごなしに抑えつけようとする教師にむかつき、突っかかった。

気がつくと、どこからもはみ出していた。

同じにおいのする仲間とつるんでいるのは、心地よかった。家や学校にいるよりはるかに落ち着いた。だからこうして転々としている。それだけのことだ。

「……それと、金。余った」

自分のための最低限の着替えと、食料品や備品を買い込んだが、最初に渡された一万円札は十二枚あった。最初に財布に突っ込まれていた五万円も加えて、まだたっぷり残っている。

「取っておけ。お前の好きに遣っていい。体を使った料金と思え」

「ふざけんな、何が……‼」

「勘違いするな。掃除の分だ。一億積まれても体は売らないと言ったのはお前だろう。だからその件に関して、金でどうこうしようとは思わない」

掃除の分と言ったところは、気に入った。これがもし、二回分の性行為の代償と言われたら、蹴り倒している。

それに、節約はいいことだと思うが、吝嗇《けち》は嫌いだ。気前よさそうに見せて、あとになって恩に着せる桑山のような人間はもっと嫌いだ。その点、津賀のやり方は性に合う。

「わぁった。食料品とかも買いたいしな。預かっとく」

そう答えて金を引っ込めた。

(……ええとこも、あるんやけど)

金遣いの綺麗さとか、家のことには大雑把でも仁希の着替えには気を配ってくれるなど、津賀には長所らしいものも一応ある。

(短所が長所を大幅に上回ってるんが、問題やな)

幸いというべきか、津賀と顔を合わせる時間は長くない。

毎朝、仁希が起き出す時刻には大抵津賀は出勤している。土日も病院から連絡を受けて出かけてしまった。もっとも、帰ってきた時には酒のにおいをさせていたから、ずっと仕事だったかどうかはわからない。

だから朝は仁希一人で、トーストと牛乳かジュースの朝食を摂る。そのあとは掃除兼捜索の開始だ。料理は不得意なので、昼食と夕食は近くのコンビニで何か買うか、ファミレスへ出かける。津賀は津賀で、三食すべて外ですませるらしく、夜に帰ってきても何も食べない。せいぜいキッチンでビールを飲むか、コーヒーを淹《い》れるかだ。

間違っても『食事をしながら楽しい会話』のような風景にはならない。

それでも同居を始めた日の夜、電動ミルでコーヒー豆を挽《ひ》いていた津賀が、お前も飲むかと訊いてきたのでもらったことがある。インスタントとも缶コーヒーとも違う味で、仁希は正直、飲み慣れたインスタントの方がおいしいと感じた。

「オレ、こういうコーヒーて飲んだことないんやけどな。それにしても濃すぎへんか?」

「苦かったらミルクと砂糖を入れてコーヒー牛乳にしろ、子供」

思いきり馬鹿にした口調の返事をされて、むかついた。

ただ、味はともかく香りは本物の方がいいと思ったことは口に出さずにおいた。

飲む時の香りもだが、淹れる時の香気はもっと心地よい。

ペーパーフィルターの中へ津賀が少量の湯を静かに注ぐと、水分を吸ったコーヒーがふわっとふくらんで、立ちのぼる湯気とともに香りが部屋に広がる。

ぽた、とコーヒーがガラスポットに落ち始めたところで、津賀は手を止めた。

「なんでいっぺんに、どーっとお湯かけへんねん？　その方が早いやろ」

「味が落ちるんだ」

「ふーん」

「どんな味でもいいなら、自分で豆を挽いて淹れたりはしない。缶コーヒーですませる」

「それもそうやな。その性格やったら」

津賀がまた湯を注ぎ始めた。

耐熱ガラスのポットの中にコーヒーがしたたり落ちる。

その静かな音と、空間を満たして広がる蒸気の模様が、郷愁を誘う。コーヒーを淹れる場面を見るのは初めてなのに、なぜだろう。奇妙に懐かしい。口の細いポットをやかんに、ペーパーフィルターを茶漉《ちゃこ》しに代えたら――。

「……ああ！　そうか！」

思い当たって声をあげた。

「どうした？」

「なんか、この雰囲気に覚えがあると思たんや。祖母ちゃんが近所のオバハンに勧められて、干したドクダミを煎《せん》じてた時にそっくり……」

「もう少しましなものを連想しろ！」

怒られてしまった。

淹れてもらっている時にそんな会話があったせいで、なおのこと、初めての味になじめなかったのかもしれない。

それでも、何度か飲んだら、おいしさがわかってくるのではないかという気もした。

津賀がコーヒーを淹れる光景は、目に快かった。

テーブルの上に湯気が立ちのぼっていると、心が落ち着く。過不足なく豆を量ったり、またもた迷わずに湯を注ぐのを止めたりする津賀の手つきは、見ていて気持ちがよかった。基本的に器用なのだろう。それにコーヒー関係の道具だけは、津賀が自分できちんと手入れをしてあった。

ただ、なぜその器用さと手入れをする気持ちが、家全体に向かわないのか。この点が不思議でならない。

「コーヒーは淹れるくせに。掃除や洗濯もせェよ」

「他人に任せられることは任せる。今はどんなことでも業者に頼めるからな」

「それやったら、家電を買わんでもええのに」

「以前は家内が使っていたんだ」

「結婚してたんか!?」

本気で仰天した。こんな性格破綻者と結婚する勇者がいるとは、信じられなかった。

「一応。半年しかもたなかった」

平然と答える津賀を見ているうちに、ふと彼が女を組み敷き、自分にしたような真似をしている光景を想像してしまい、ひどくいやな気分になった。

苦いブラックコーヒーを一気に飲み下して言った。

「何が『半年しか』や。そんだけ我慢した奥さんに賢者の称号を贈れ、いうねん」

「馬鹿。家内は何も我慢していない。離婚を言い出したのはこっちだ。ノーマルな人間のふりがいやになったんだ。……本性を出していたら、半年ももつものか。翌日には逃げ出したに決まっている」

自分が結婚生活に不向きな性癖の持ち主だという自覚は、あるらしい。

「わかってるんやったら直せ。傍迷惑すぎや、その性格は」

そう罵って、カップを洗おうとシンクの前へ歩いた仁希に、津賀が声をかけてきた。

「お前こそ私の性格がわかっているくせに、もう少し用心したらどうだ?」

いやな予感のする台詞に、仁希は振り向いた。

まだコーヒーを味わっている津賀が、紙の薬袋を仁希に見せた。以前抜糸をしてもらった時、救急箱の中に入っていたのを見た覚えがある。津賀は袋からＰＴＰシートを取り出し、仁希に示した。十錠入りのシートのうち、半分以上が空になっていた。

「睡眠剤だ。飲み物に溶けやすいのが長所で……」

にやりと笑う顔を見た瞬間、言葉を最後まで聞かずに仁希はカップをシンクに置き、全速力で廊下へ飛び出した。睡眠薬が効き始める前に、津賀から逃げるしかない。

飛び込んだのは一階の奥、自分が寝泊まりしている部屋だ。

空いている部屋はどこでも使っていいと言われたが、広いと落ち着かないので、窓のない三畳間を寝場所に選んだ。ありがたいことに、ここのドアは内側から鍵がかかる。

叩きつけるようにドアを閉め、ラッチを回した。

（た……助かった。間に合った……）

足の力が抜け、仁希は床にへたり込んだ。心臓が破れそうだ。全力疾走と緊張のせいで、全身の血管が脈打っている。津賀の前で無防備に眠ってしまったら、何をされるかわからない。いや、だいたいわかるが、これ以上実体験はしたくない。

と、廊下を津賀の足音が近づいてきた。低い笑い声も聞こえた。いつもどおりにかすれているが、楽しくてたまらないという響きは隠せない。

仁希はドアの内側からどなった。

「鍵かけたからなっ、外からは開けられへんぞ！」

「そうかそうか。よかったな」

「何、馬鹿にしきった喋り方してんねん！」

「これが笑わずにいられるか。錠剤を見せて、飲み物に溶けやすいと教えただけだ。一服盛ったとは一言も言っていない」

「……っ!!」

「コーヒーには何も入れなかったから安心しろ。まあ、この言葉を信用するかどうかは、お前に任せる。……さっきの慌てふためいた顔と逃げ出し方は、くだらないテレビ番組や雑誌より、ずっと面白かった」

からかわれたのだ。二階へ上がっていく津賀の足音を聞きながら、仁希は歯噛みした。

——こんな調子で、日は過ぎていった。

つい仁希が祖母のことを漏らしてしまったように、仁希もまた、今まで知らなかった津賀の情報をいくつも拾った。ほじくり出そうという気がなくても、なんとなく言葉の端々で感じ取れるものだ。

特に津賀の交遊関係がどれほど放埒《ほうらつ》かは、よくわかった。

たとえば同居を始めて三日目の夜だ。突然インターホンが鳴った。

津賀はまだ帰っていないので、仁希が出た。すると、

『もーっ。津賀先生ひどいよ、携帯の番号変えたでしょ? 髪型変えたけどわかるよね、タクト。全然連絡くれないから、住所を調べて、家まで押しかけてきちゃったよ』

甘えた声でまくし立てられた。モニターに映っているのは、水商売系の服装をした若い男だ。どう考えても仕事関係などのつき合いではない。

黙っていると、相手の口調が不審げに変わった。

『先生？　先生じゃないの？　あんた、誰？』

「……掃除に来てる者ですけど……」

　本当のことを言えるわけはないので、ごまかした。実際にしていることを考えれば、まるきりの嘘でもない。

『ああ、ハウスクリーニングの人？　津賀先生は？』

「あいつ……えーと、センセはまだ帰ってません」

『じゃ、帰るまで待つから中へ入れてよ。早く。気が利かないなぁ』

　横柄な言い方にムッとした。

「ほんまにセンセの知り合いかどうかわからん人を、家へは入れられません。アシカラズ」

　切り口上で言って通話を切った。何度もチャイムを鳴らされたが、無視していたら、十分ほどで諦めて帰っていった。

（……なんや、あれは。ていうか、どう考えてもアレやな）

　津賀とつき合っていた男に違いない。新しい携帯電話の番号を教えなかったということは、津賀の方で飽きて捨てたのだろう。

（あんな変態悪趣味レイパーのどこがええんや。アホちゃうか）

　帰宅した津賀に来訪者のことを伝えてみたが、まったく気にする気配はなかった。

「タクト……誰だったかな」

ネクタイをゆるめつつ考え込む表情は、本気で誰のことか覚えていないらしい。

「津賀先生て呼んでたぞ。本名教えてるんやから、それなりのつき合いやろ」

「患者や見舞客を引っかけることもあるし、気が向けば看護師や検査技師にも手を出す。別に、特別な相手にしか本名を教えないわけじゃない」

「サイテーなヤツやな……もうちょい身辺を整理せェ。あんなんが来るたび、『センセはまだ帰ってません』て言うて相手してたら、オレの時間が無駄になってしゃーない」

「センセ？　普段はお前とかあいつとかオッサンとか言っているくせに」

「ハウスキーパーて言うたし、らしい言葉を使わなボロが出るやろ。……まさか、ご主人様とか旦那様《だんなさま》とかを期待してるんか？　死んでもいややぞ、そんなん」

「こっちが断る。聞いていて寒い。『先生』でも、プライベートタイムで言われるとうっとうしいんだぞ。オッサンの方がまだましだ」

本当に嫌そうに顔をしかめたのが面白い。仁希は軽く片手を上げて返事をした。

「へーい。わかりマシタ、センセ」

「お前……」

ミスった、と津賀が呟くのを聞いて、内心でガッツポーズを作った。どんな些細《ささい》なことでも、津賀へのいやがらせになるなら喜んで実行してやる。

ＬＤＫを出ようとして、くるりと背を向けた。その瞬間、背後に気配を感じた。

(首かっ……!!)

動物的な勘だ。

身をかがめ、前へ飛んだ。飛び込み前転の格好だ。

距離を取って振り向くと、津賀が前へ伸ばした右手を下ろしつつ、苦笑している。よけなかったら、背後から首に腕を回され、絞め上げられていただろう。抵抗力を失ったあと何をされるかは、考えるまでもない。

「おい！　今、襲おうとしやがったな!?」

「予告した以上、時々は実行しないと悪いからな」

「死ね、いっぺん！　てか、俺を襲う暇があったら、ヤられたがって押しかけてきたヤツの相手をしたれ!!」

「してほしがる奴には興味がない」

ぬけぬけと言う津賀に、中指を立ててみせたあと、仁希は廊下へ出た。

(ホンマ、サイテーな男や)

押しかけてきた男以外にも、何人か一方的につき合いを切った相手がいるらしい。それらしい電話がかかってくる。それが面倒なのか、津賀は家にいても電話を取ろうとしなかった。一定回数コールが鳴ったあとは自動的に留守電になるので、返信が必要と判断した相手にだけ、あとから自分でかけ直しているようだ。

「……家の電話でこの調子やったら、ケータイはえらいことになってるんと違うか?」

「さあ。仕事専用の携帯以外はしょっちゅう機種変更をして、ついでに番号も変えているかな。かけてきているかもしれないが、わからない」

そんなことをしたら解約料金が馬鹿にならないはずだが、気にしていないらしい。気にするようなら、仁希にあれほど気前よく金を渡したりはできないだろう。

津賀が自分で稼いだ金だから、何に遣おうが勝手といえば勝手だが――。

(やっぱしムカつく。……もうちょっとましなことに遣え)

津賀にも長所らしいものがあることは認めるが、それで二回もレイプされた怒りが消えるわけはない。メモリーカードの発見だけでなく、折を見て仕返しもしてやりたいのだ。

ただ津賀が、文系顔のくせに強い。

最初のうちは後ろから殴りかかったりもしてみた。

だがいつもいつも失敗した。かわされて腕を取られ、肘や指の関節を決められた。カウンターの一撃が返ってくる時もある。苦痛に顔を歪め、あるいはダメージの大きさに床へうずくまった仁希を見て言う台詞が、憎たらしい。

「今日中に読み終えたい文献があって、忙しいんだ。お前を抱いてやる暇はない。……それが目当てで誘いをかけたつもりなら、気の毒だったな」

どつき倒してやりたいと思う。

確かに『隙を見せたら犯す』と津賀から警告されてはいた。殴りかかって失敗し、関節を決められた時などは、隙だらけ状態の最たるものだろう。しかしそれを『誘い』と言われてはたまらない。

「クソッ……素人ちゃうやろ。柔道か空手か、なんかやってるな?」

「少林寺拳法二段だ。死んだ父が体を鍛えさせたがったから、四歳から大学に入るまで通った。……子供の頃に体で覚えたことというのは、忘れないものらしい」

皮肉っぽく口元を歪めて、津賀は呟いた。

これでは津賀によほどの隙がない限り、返り討ちに合うだけだ。

仕方がないので、まずメモリーカード捜しに専念すると決め、家中の捜索に取りかかった。キッチンのシンク下に置いてある鍋《なべ》の一つ一つまで蓋を開け、ついでに洗って拭いて片づけ直している仁希を見て、思うところがあったのかもしれない。

同居して二、三日目に、津賀は言い出した。

「家の広さに比べて、目標物が小さすぎる。フェアじゃない。だから一つだけ約束してやろう。……この家の中で、カードを最初に隠した場所から、動かしてはいない。今後も動かさない」

もし本気なら、捜索はかなり楽になる。一度捜した場所はもう見なくてすむのだから。

「マジか?　また騙す気と違うんか」

「こういうお遊びは、時間をかけすぎるとだれる。ずるずる居座られても困るしな。……信じるかどうかはお前の勝手だ」

とりあえず、信じたふりをすることにした。

(オレが使う場所から順番に捜して、ついでに掃除していってるけど……まだ風呂、トイレ、LDK、玄関、階段下収納、オレの寝てる三畳間……と、こんだけしか終わってへん。一階だけでもあと三部屋ある。二階はまだ全然手つかずやし、屋根裏の物置ていう大物が残ってるし、地下室も……うげ)

入りたくない部屋のことを思い出し、仁希は顔をしかめた。

一通り捜すだけでも、一ヶ月くらいかかるのではないだろうか。あまり疑いを前面に押し出して、『それなら隠し場所は時々変える』などと言われては、藪蛇《やぶへび》になる。

(はよメモリーカードを見つけて、オレの安全を確保して……そんで、なんか仕返ししてから、この家出ていくんや)


またもや招かれざる客が訪れたのは、同居し始めて五日目の晩だった。

仁希が二階の廊下を掃除していた時だ。もちろん最初はカードを捜すつもりで、絨毯をめくってみたり、照明器具や壁にかかった額縁の裏を調べたりしていたのだが、埃や曇りが我慢できなくなって、はたきと雑巾《ぞうきん》を持ち出し、全面的な掃除に取りかかった。

廊下は綺麗になったけれども、カードは相変わらず見つからなかった。

そろそろ掃除を切り上げ、電気を消して階段へ向かおうとした時、インターホンの音が聞こえた。廊下の奥へ戻って、窓から門のところを見やると、誰かが立っている。

この前訪ねてきたのとは違って、スーツにネクタイ、ブリーフケースを抱えたサラリーマン風の男だ。二度、三度とインターホンを押した。

(セールスか、そうでなかったら……またアッチ系やな)

津賀のお友達だろう。この方がセールスよりさらに厄介だ。

仁希は居留守を使うことに決めた。窓には薄地のカーテンがかかっているし、明かりが点いているわけでもないから、男に自分の姿は見えないはずだ。

返事がなければ諦めるかと思えば、男はインターホンがついている門柱の前を離れ、鉄扉に近づいた。すうっと扉が開く。

(……なんや、あいつ？)

サラリーマンが門扉の中へ入り、こそこそ様子を窺いながら扉を閉め、玄関へ歩くのが見えた。合鍵を持っていたらしい。

自分がここへ住み込むことが決まった日の、空巣騒ぎを思い出した。あの空巣は合鍵を落として逃げていったけれど、他にも作っていなかったとは限らない。

（また来たんか!?　くそ、この前は思いきり蹴りやがって……倍返しにしたるからな！）

仁希はスリッパを脱いで身をひるがえした。足音をたてないように注意して階段を駆け下りる。玄関の物陰に隠れて不意を突き、取り押さえるつもりだったが、階段を下りきったところで、玄関ドアのラッチが回るのが見えた。

（おっとぉ……間に合わへんかったか。それやったら……）

仁希は階段の裏側に身をひそめた。廊下がLクランク形に曲がっているが、ここからでもどうにか玄関の様子は見える。

ドアが開いた。男が中へ入ってきた。

ＬＤＫは短い廊下を挟んで、玄関の真正面になる。明かりが点いているのを見て、男はびくっとしたように身をすくめた。

「津賀先生？　まだお帰りじゃないですよね……？」

家の奥を透かし見ながら、頼りない声音で呼びかけている。ホッと溜息をついたあと、自分に言い聞かせるように呟いた。

「あはは……なんだ、電気、消し忘れていっちゃったんだ。津賀先生ってこういうとこ、いい加減だから……よかった。留守なんだ」

他の人間が家の中にいるとは思いも寄らないらしい。靴を脱ぎ、家に上がってきた。

仁希は首をひねった。この前の空巣は土足で上がっていたのに、違うのだろうか。だが男は明かりの点いているリビングではなく、廊下を曲がって、仁希が隠れている階段の方へと歩いてきた。階段に足をかける。

(真っ直ぐ二階へ行くって……この前と一緒やないか、やっぱりこいつか!)

仁希は隠れ場所から飛び出した。

「おい! 待たんかい、コラ!!」

「……ひゃああ!?」

階段を上がりかけていた男が、びくっとして振り向いた。が、仁希が飛びつき、腕をつかんでねじ上げる方が早かった。男が身をくねらせて悲鳴をあげる。

「い……痛い痛いっ! やめて、殺さないでっ!! 助けて、お金ならあげるから!」

「やかましい、空巣が何を抜かす!」

「ち、違うよぉ! 君こそ泥棒じゃないの!? お願い、命だけは助けて! 警察には何も言わない!!」

「人を泥棒扱いすんな! オレはここで、ハウスキーパーしてるんや!」

「え!? え、え? 君が?」

「こっち来いや。……来い!」

呆気《あっけ》に取られた様子の男を、仁希はLDKへ引きずっていった。男は手足をばたつかせたが、頭を一発こづくとおとなしくなった。

「さて。何しに家へ入り込んだんか、言うてもらおか」

リビングの床に正座させた男の前に仁王立ちになって、仁希は詰問した。

年は二十三、四歳だろうか。背丈は自分と同じくらいだが、体つきが華奢《きやしゃ》な感じだし、仕草も妙になよなよしている。軽く脅しつければ洗いざらい吐くだろう。

「いやぁ、その……空巣と間違われちゃ困るから、正直に言うけどさ。用があるのは津賀先生なんだよね。最近は病院でも全然話を聞いてくれないし」

案の定、こちらの機嫌を窺うような上目遣いで、若いサラリーマンは言い出した。

「病院？」

「そ。僕、氏家勝《うじいえまさる》。東華《とうか》薬品のＭＲやってんの。まだ下っ端のぺーぺーだけど、これでも津賀先生にいろいろ用を仰せつかって、参考文献を集めたり、研究会の手配をしたりしてたんだ。この家にも何度か来たことがあるよ。ほんとだよ」

仁希は仏頂面のまま、氏家が出した名刺を眺めた。仁希でも知っている有名製薬会社と、名乗ったとおりの名前が印刷されている。一流企業の社員にしては学生くさい喋り方だが、就職して一、二年目ならこんなものなのかもしれない。言葉というのは案外変わらないもので、自分は大阪を離れて四年たってもバリバリの関西弁のままだ。

氏家の身元はわかったが、家の周りをうろついていたことへの疑念が消えたわけではない。にらみつけた仁希をいなすように、氏家は馴《な》れ馴《な》れしく笑った。

「あー、いけないんだ。名刺をもらったら自分も出すのが礼儀だよ？　まあ、君が名刺を持ってるとは思わないけどさ。せめて名前は言わなきゃ。これ、社会人のジョ、ウ、シ、キ」

「やかぁしい！　空巣が常識を語んな！」

「空巣じゃないってば。僕は津賀先生に会いたかっただけなんだから」

「病院で会うたらええやないか」

「やだなぁ。そりゃ病院でできたらスリリングだけど、そんな度胸は僕にはないよ。それに最近は先生が冷たくなって、仕事の話しかしてくれないんだ。何度も家を訪ねたけど、門前払いされちゃって。だから悪いとは思ったけど、合鍵を作ったんだよね」

「どうやって作ってん？」

「先生って意外とルーズな面があって、時々医局のロッカーに鍵を差しっぱなしのまま忘れてるんだよ。キーホルダーに家の鍵がくっついたままだったりするわけ。仕事ができて身だしなみもきちんとしてるのに、ああいうところだけ抜けてるって、可愛いと思わない？」

「思うか、アホ。大雑把なだけや」

「わかってないなぁ。クールで有能なだけじゃつまんないよ。……とにかくそれを借りて合鍵を作ったんだ。家を訪ねて、先生のベッドで全部脱いで待ってれば、相手してくれるかなーって思ってさ。えへっ」

　しなを作って身をくねらせる氏家を見て、仁希は呻いた。

「お前もか。ほんまに、次から次へと……あんなオッサンのどこがええねん」

「ひどいなぁ。オッサンだなんて。先生、まだ三十五だよ。これからが男盛り、働き盛りじゃないかぁ。いいよねえ、白衣って。でも術衣も捨てがたいよね、マスクと帽子でぴしっと固めてるの。仕事着って男の色気の集約だと思わない？　もちろん、着てる時がいいだけじゃダメだよ。脱いだら中年太りとか肋骨《ろっこつ》浮き上がってるなんてのは幻滅だし。だけど津賀先生はその点、程よく鍛えてて、引き締まっててさぁ……ああ、どうして最近僕のこと呼んでくれないんだろう。僕、いくらでもご奉仕するのに」

やはり氏家は津賀に抱かれた経験があるらしい。タクトとかいう先日の男と同様、相手にされなくなって、家まで押しかけてきたようだ。

うっとりと語り続ける氏家に我慢できなくなり、どなりつけた。

「アホかっ！　アホか、お前は!!　何考えてるんや、あいつ、もろにサドやないか！」

「えー？　そうかなぁ。丁寧に慣らしてからのHだったよ？　若い子ってさぁ、いきり立って無茶をするから、こっちはちっともよくないんだよね。その点、津賀先生は……ふふふ。まあ、言葉責めがねちっこいけど、それがまた楽しいんだってば」

「お前、おかしいぞ！　あんなん言われて何が嬉しいんや!?」

「あはははぁ。『あんな』って、つまり、先生のやり方を知ってるんだね？」

「……っ！」

失言に気づいて仁希は口をつぐんだ。氏家が面白そうに笑う。

「おかしいと思ってたんだよね。そーかぁ、されちゃったんだ。……君いくつ、高校生？二十歳《はたち》にはなってないよね？　ふふぅん。子供にはまだわかんないかなぁ。大人のスパイスの入ったHの楽しみは」

「誰が子供やっ！」

氏家の眼に優越感めいた色を認めて、仁希の頭に血が上った。

「お前ら、間違うてるぞ！　男同士いうことに、ちょっとは疑問を持たんかい!!」

「それって差別だよ。君だって津賀先生にしてもらった時、気持ちよかっただろ？　怒ったふりしてるけど、ほんとは癖になっちゃったんじゃないの？　あ……そうかぁ。ひょっとして君、それが目当てでここに住み込んでる？　やるなぁ。あーあ、僕もその手を使えばよかった」

「な……何言うねん、ボケ!!　オレはビデオを捜してるだけや！」

「へえ。ビデオまで撮らせたんだ。君も好きだねえ」

「撮らせたんと違う、あいつが勝手に撮ったんや！　メモリーカードを捜したかったら捜せて言うたから、それで……この家ムチャムチャ広いやないか、一日や二日では見つからへんよって泊まってるだけやぞ！　しょうもない勘繰りをすンな!!」

「えへへ……まあ、君はまだ若いからさ、素直に認められないかもだけど。男同士とか、そんなつまんないことにこだわる必要ってないと思うな。津賀先生にHしてもらうのはキモチイイ、だから同居。それでいいんじゃない？　僕もさぁ、先生さえいいって言ってくれたら、絶対ここへ住み込んじゃうよ」

「アホなこと言うなっ、オレはメモリーカードを捜してるだけや！」

胸倉をつかむと、氏家の童顔が引きつった。

「そ、そんなに怒ることないじゃないか。僕ら、同じなんだし」

「……何ィ？」

硬直した仁希に向かい、氏家が愛想笑いを作って言葉を継ぐ。

「ほら、どっちも津賀先生にされちゃった仲だし。だから、いわゆる兄弟っていうか……」

「言うなーっ‼」

わめかずにはいられなかった。

津賀にレイプされただけでもむかついているのに、津賀に抱かれたくて家まで押しかけてきた氏家から『兄弟』扱いされるなど、冗談ではない。自分は違う。メモリーカードを捜すために仕方なくこの家にいるだけで、抱かれたいなどとはまったく思っていない。

自分は男だ。突っ込まれて喜んだりするものか——と思った時、津賀に犯され、快感に涙をこぼしてよがり狂った自分の様子が記憶に甦《よみがえ》った。

（いや、その、あれは……その……事故みたいなモンや。その場限りや。こいつみたいにすっかり女役になじんで、追っかけになったりはせェへんぞ。くそ、誰がするか！）

懸命に打ち消したものの、思い出したことで怒りはさらに燃え上がった。誰かにぶつけなければ、おさまりそうにない。

「一緒にすな！　オレは男に犯られて喜ぶような趣味してない!!　お前とは違うんや！」

引きずり起こして、突き飛ばした。氏家が他愛なくソファに転がる。その無様な格好を見下ろし、仁希は一歩前に進み出た。

「よ、よそうよ。暴力はよくないよ。殴り合いなんて、非文化的だよ」

「なめとんか、アホ！　殴り合いになんかなるか、気がすむまでオレが一方的にお前を殴るだけや!!」

「ま、まま、待ってくれ！　落ち着いて!!　ね？　そんなに怒ることないってば。わかったよ、この家へ住み込むなんて言わない。僕はセカンドでいいよ。たまーに津賀先生を回してくれれば、それで我慢する。君と津賀先生の邪魔はしないから……」

「……アホかぁあああ!!」

仁希は心底から逆上した。

氏家は、仁希が怒っている理由を『津賀を独占したいから』だと勘違いしているらしい。どこまでも自分と同じ趣味だと思っているようだ。冗談ではない。

（オレは、こんなヤツとは違うんや）

　血が上った頭で、仁希はソファにひっくり返っている氏家を見下ろし、命じた。

「脱げや」

「え？　ええ？」

「オレはお前みたいな掘られ役とは違う。それをわからせたるから脱げ」

　欲情しているわけではない。だが男の生理現象は不思議なもので、怒りを糧にしても勃つことができる。そして今の仁希は、ひたすら怒っていた。

　引きつった顔で何か言いかけた氏家が、仁希の顔を見て言葉をのみ込み、慌てた様子でジャケットのボタンに手をかけた。

「上はええ、下だけや！」

「はいっ！」

　殴られるのがよほど怖いらしい。とてもいい返事をして、氏家はズボンと下着を下ろし、命じる前からソファに這《は》いつくばって、生白い尻を突き出した。

（いや、そこまで積極的になられてもなァ。……て、あかん、あかん。こいつに二度となめた口を叩かせんよう、徹底的にやっとかな。でないと、こいつはまた……）

　氏家が言った『津賀先生にしてもらって、気持ちよかっただろ？』という問いかけが脳裏をかすめる。――図星だからこそ、腹立たしい。イージーパンツの紐《ひも》をほどいて下着ごとずらし、仁希は氏家の尻肉をつかんで左右に割り開いた。

男を相手にするのは初めてだが、

（……えーと。とにかく、穴へ突っ込んだらええんやろ）

猛り立っている自分自身を、ねじ込もうとした。だが摩擦が強くて入らない。氏家が悲鳴をあげ、後ろを振り向いた。

「い、痛いよ!! そんな力ずくじゃ無理だって！」

「うっさいなァ！」

「そんなこと言ったって……オイルか何か使ってくんなきゃ、入んないってば。なんだったら舐めてあげるから。その方がお互いに楽だし。ね、ね。ね？」

「……いちいち、やかましい！」

舐める、という言葉で、数日前、津賀に後孔を舌で犯されてから貫かれた記憶が甦ってしまった。弱い場所を巧みに刺激され、イヤだ、やめろと拒絶しながらも、結局は快感に負けてよがってしまった自分の姿は、思い出すだけでも血が沸騰しそうになる。

だいたい、同類ではないとわからせるために犯しているはずの自分がなぜ、氏家に指図されなければならないのか。

仁希は腰を引き、氏家の尻を平手で力一杯叩いた。

「あぁぁん！」

氏家が悲鳴をあげ、身をくねらせる。

「クネクネするなっ！」

甘ったるい声に気を削《そ》がれそうになったが、なんとか持ちこたえ、仁希は自分の掌《てのひら》に吐いた唾をなすりつけてから、再び肉棒をあてがった。

氏家の腰をつかみ、引き寄せるようにして一気に突き入れた。

「あ、あんっ……やだぁ、いたぁい……」

「くっ……」

仁希は呻いた。わずかな唾を潤滑液にして無理矢理ねじ込んだため、抵抗感が大きい。それでも力ずくで押し進めた。

「はぅんっ、ん……あんまり、乱暴にしないで……痛いよぉ。あぁん、そこっ……」

氏家もつらいだろうが、仁希も決して心地よくはない。肉洞に締めつけられる感触はともかく、摩擦が強すぎて痛い。それでもやめるわけにはいかなかった。

(オレはこいつみたいな、犯られたがりとは違うんや……！)

わからせなければならない。二度と氏家に仲間扱いはさせない。その怒りを原動力にして、強すぎる摩擦が生む痛みに耐えながら、仁希は氏家を犯し続けた。

様子が変わってきたのは、どのくらい時間がすぎたあとだろうか。

「あん、あ、あぁんっ！　やっ、そこ……そこ、いいっ……ひゃうんっ！」

「いちいち、やかましい‼」

氏家の嬌声が疎ましくてどなりつけてみるが、いっこうにこたえる様子がない。むしろ喜々として、自分から腰を使っている。しかもなぜか、内部の摩擦がなくなってきた。

「あんっ、いいよぉ……もっと乱暴にして、中、ぐちゅぐちゅに……やぁん、いい……」

「ぐちゅぐちゅて、お前なァ……女やないのに、濡れるわけ……」

「やだな……あ、あんっ。知らない、の？　男でも、少しは汁が出て、すべりが……よくなるんだよ。腸液っていって……」

「マジか!?」

十八年生きてきて、初めて知った。別に知りたくもなかったが。

氏家が上気した顔でこちらを振り向き、咎めるような視線を投げてくる。左手でソファにつかまり、右手は自分自身を一生懸命にしごいていた。

「やぁっ、ん……いいとこなのに、止めちゃだめだってばっ……津賀先生みたいなテクがないのはわかってるから、若さと勢いでガンガンいってくれなきゃ。……早くぅ」

「誰がテクなしや！」

「あぁっ！　そう、その勢い!!　いいっ、そこ……いいよぉっ！　ああんっ、いく、いっちゃう！　みるく……あああぁっ、みるく出ちゃうよぉおっ!!」

嬌声とともに、氏家は達した。それでもまだ腰を振り続ける。

「……」

仁希は顔をしかめた。

何か違う。自分の最初の意図と、激しく違ってきている。

「あ、はぁ……は、ふ……まだ……まだだよね？　もっと突いて、かき回してぇ……思いきり、乱暴にしてよぉ……あはぁっ、そう、もっとぉ……あひっ、あっ、あついぃっ!!　いい、いいっ！　またいく、いかせてぇっ!!」

勝手に一回射精したあとも、氏家は甘い声をこぼし自分自身をこすり立て、快楽を貪《むさぼ》るのをやめない。

（……確かオレ、こいつに思い知らせるために、無理矢理犯ってたはずやけど……）

何かが間違っていないだろうか。氏家を喜ばせているだけのような気がする。

それでも十八歳の男の生理は貪欲《どんよく》だった。肉孔に締めつけられ、仁希の意志を離れて昂《たか》ぶりが加速していく。

「くっ……!!」

呻いて、仁希は引き抜いた。自分の手でしごいて、白濁液を尻にぶちまける。なぜかはわからないが、氏家の体で最後まで達してしまうのがいやだった。

「……はぁ……」

体を離して仁希は大きな息を吐いた。氏家が振り返った。

「中出しよりぶっかけの方が好き？　エッチなんだぁ。ん、はぁん……早く、二回目……ね、今度は体位を変えてみる？　ふぅ、んっ……」

　ソファの上でこちらを向いて脚を広げ、氏家はほてった顔に汗を浮かせて催促してきた。合間合間に喘ぎが混じるのは、自分自身をしごいているせいだ。

　げんなりした。

「……アホか」

「え、なあに？　んんっ……焦らさないでよ。早くぅ」

「クネクネすんな言うてるやろ、気色悪い！　それでも男か！　だいたいオレは、お前を喜ばせよう思て犯ったんと違う！」

　一応射精したものの、氏家が一人でよがりだしたため、仁希の精神面は萎えた。不完全燃焼もいいところだ。ティッシュでざっと股間を拭い、下着とイージーパンツを引き上げた。

「やってられっか‼　自分で勝手にしごいとけ、ボケ！」

「何怒ってるんだよぅ。君が始めたくせに……ほら、早くしてってば」

「おわっ⁉」

　氏家がソファから体を起こし、抱きついてきた。唾液で濡れた生暖かい唇が喉を這い、吸いつく。腿に股間を押し当てられた。湿り気が伝わってきた。

「な……何してるんや、ボケーっ‼」

　振り払い、横面を殴り飛ばした。もともと怒りのあまりに行為を始めただけで、氏家に欲望を覚えたわけではない。

氏家はあっけなくソファに転がった。頬を押さえ、泣きそうな顔で見上げてくる。

「いたぁい……ひどいよ、何怒ってんの？　乱暴だなぁ……」

「知るかっ！」

どなりつけて、背を向けた。早くシャワーを浴びて体を洗いたい。

（くそ。しょうもないこと、するんやなかった）

舌打ちをしながら廊下へ出ようとして――仁希は固まった。

ＬＤＫと廊下を隔てるのは、模様ガラス入りの引き戸四枚だ。それがいつのまにか、細めに開いている。そして廊下には津賀が立って、薄笑いを浮かべていた。

「十点満点の、四点」

仁希に向かって言い放った台詞が、これだ。

「自分がさんざんされたことだろう。学習能力がないのか、お前は」

「み、見てたんかっ！」

「帰宅した家の主《あるじ》が、リビングを覗いて何が悪い。見られるのがいやなら鍵のかかる場所でやれ。見せびらかすほどのテクじゃない。……経験値の低さを考慮して甘くつけても、五点だな。男が一番感じるポイントは前立腺の裏側だ。場所としては比較的浅い。無闇に突きまくればいいというものではないんだぞ」

「ほっとけ！　それにオレは、ウジウジクネクネを喜ばせよう思て犯ったわけと違う！　オレは犯られたがりのあいつとは違うって、思い知らせるために……!!」

「ふん……できたのか？」

仁希の反論を遮り、津賀が鼻で笑った。

思い知らせるどころか、氏家が一人でよがり始めてしまい、むしろ翻弄《ほんろう》された。それを考えると、言葉が出なくなった。屈辱感で髪が逆立ちそうだ。額や首筋から、汗がとめどなく落ちてくる。

後ろで氏家が体を起こす気配がした。

「ひどい、津賀先生。見てたのなら止めてくださいよう。先生が留守にしてたから、僕、あの子にレイプされちゃったじゃないですかぁ」

「ねだっていたくせに何が『レイプされた』だ、馬鹿」

「えへへ……でもあの子、してくれないんですよぉ。先生、僕もう充分にほぐれてますから……ねっ」

「他人の後始末はごめんだな。物足りなければ自分で慰めろ」

あっさり切り捨てて、津賀はもう一度仁希に視線を向け直した。

「氏家は慣れているから、あんな勢いだけのやり方がかえって新鮮だったようだが、他の相手ではとてもとても……変な野心を起こさず、掘られ役に徹した方がいいんじゃないか？」

「誰が掘られ役や！　どけ、邪魔や！」

津賀を突きのけ、仁希は廊下を歩いて浴室へ向かった。背後から、氏家が津賀に媚《こ》びる声が聞こえてくる。津賀がどう答えているのかまではわからない。

（くそ、むかつく……）

熱いシャワーを頭から浴びた。ボディソープをたっぷり使い、全身の皮膚を強くこする。津賀に観察されて笑われるとわかっていたら、氏家を犯そうなどとは思わなかったのだ。

（……あ？　おかしいぞ）

氏家の腰をつかんだ時の手ごたえを思い出して、仁希は首を傾《かし》げた。

（あの時の泥棒は、ウジウジクネクネと違う）

腹立ちのあまり忘れていた。最初は氏家を、いつかの泥棒ではないかと疑ったのだ。取っ組み合いをしたからよく覚えている。あの男は自分より一回り以上体格がよく、がっしりとした量感があった。

氏家は背丈も自分と同じくらいだし、体のつくりが華奢だ。

（センセが鍵をいつも置きっぱにしてるようなルーズな性格やったら、他にも合鍵を作ってるヤツがいても不思議はないな。恨みをいっぱい買うてる自覚があるくせに、用心せェや。ウジウジみたいな目的ならまだしも……そういや、この前の泥棒は、目的のモンを手に入れて帰ったんか？　もし見つけてなかったら……）

またこの家に侵入を試みても、不思議はないのだ。

逃げ出す時に自分を蹴りつけていったあの男には、手加減というものが感じられなかった。つかまりたくなくて必死だったのだろう。

(ああいうヤツが、空巣から居直りで強盗殺人をやらかすんと違うか？　別れた奥さんも合鍵を持ってるかもしれんて言うてたし……この家、めちゃめちゃセキュリティ甘いぞ。鍵をつけ替えるように言わんとあかんな)

脱衣所に出て新しいボクサーショーツをはいた。今日着ていたTシャツと、コットンのイージーパンツは洗濯機の中だ。

(ウジウジのアホ、イージーパンツ汚しやがって……ボトムはこれとデニムしかないんやぞ)

津賀に渡された金はたっぷりあったが、それを自分のために遣ったら負けになるような気がして、最低限の着替えしか買っていない。

長袖のTシャツを手に取ろうとして、ふと鏡に映った自分の喉元へ目が行った。

「……うわぁあああ!?」

見事なキスマークがついている。この位置では服を着ても隠れない。

氏家の仕業だ。

(あ、あの色ボケ……殺す!!)

Tシャツとデニムを身につけ、廊下へ飛び出した。

ＬＤＫには明かりが灯ったままだったが、人の姿はなかった。二階へ上がる階段の方から声が聞こえてくる。一人で喋るはずはないから、津賀と一緒なのだろう。ただ、普通の話し声ではないようだ。

（これ、もしかして……？）

仁希は眉をひそめた。

踊り場まで上がると、二階の一室、ドアの隙間からわずかな明かりが漏れてくるのがわかった。書斎だ。

漏れてくるのは明かりだけではない。氏家の無遠慮なよがり声が聞こえてきた。

「あぁんっ、い、意地悪しないで……やぁっ、ひぁあぁん！　先生……先生っ‼」

「うるさい。気が散る」

「冷たいこと、言わないでくださいよぉ……あぁっ、もっと、もっとこっち……あっ、あ、あ！　いく、いっちゃうぅっ‼」

仁希はきびすを返した。氏家をぶん殴ってやろうと思っていた気持ちが、急速にしぼんでいく。完全に興醒めしていた。津賀の顔を思い浮かべて舌打ちをした。

（結局ヤってんのか、あの節操なしのド変態。……いやがる相手でないと本気になれんとか言うてたくせしやがって）

先日の泥棒が氏家ではなかったという話をするのは、明日でもいい。今日はもう津賀と顔を合わせたくない。くるりと背を向け、階段を下りた。


氏家に翻弄され津賀に笑われ、腹を立てていたせいだろうか。その夜はなかなか寝つけなかった。そうなるとうまく眠りのサイクルに入れなくなるらしい。いつもなら津賀が出勤する時刻ぎりぎりに起き出すのだが、翌朝は普段より早く目が覚めた。

ＬＤＫに行ってみると津賀が一人で朝食を摂っていた。

テーブルの上にあるのはコーヒーだけだ。

コーヒーを一杯飲んだだけで家を出て、途中の喫茶店でモーニングを食べるのが津賀の習慣らしかった。仁希が食パンやバターを買い込んできたあとも、その習慣は変わらない。トースターにパンを入れる、ただそれだけのことが面倒くさいようだ。

「どうした、早いな」

「はよ起きてきたら悪いんか。目ェ覚めたんや」

むすっと答えて仁希はあたりを見回した。機嫌が悪いのは寝起きだからというばかりでなく、喉の絆創膏のせいだ。鏡を見るとキスマークが目に入るので、昨夜のうちに貼りつけた。大判なので赤い痕はしっかり隠れたものの、皮膚の引っ張られる感触のおかげで、余計に意識が喉へ向く。

(あのクソボケ、しょうもない真似しやがって)

いたら一発殴ってやるつもりだったが、LDKに氏家の姿はない。

「ウジウジは?」

「昨日のうちに帰った」

「え?」

驚いた。自分との行為はまだしも、津賀の相手をしたあとで、よくへたばってしまわなかったものだ。ああ見えて氏家は意外にスタミナがあるのだろうか。それとも津賀が手を抜いたのか。しかし、そんなことを訊けるわけはない。

黙って自分のためのパンをトースターにセットしていたら、津賀の声が聞こえた。

「氏家が気に入ったのか? 連絡先を知りたいのなら教えて……」

「要らんわ! ていうか、自分がつき合うてる相手やろ!? 人に回すな!」

「つき合いというほどの間柄じゃない。何度か寝ただけだ。……お前のおかげで、昨日は氏家とせずにすんだ。その点は礼を言う」

ぬけぬけと言う津賀に腹を立て、仁希は吐き捨てるように言った。

「嘘つけ、ヤってたやろ。声が聞こえてたぞ」

「氏家が一人で遊んでいたんだ。……視姦《しかん》プレイというか、時々目を向ける程度のことはしてやったが。あとはずっと研究論文のデータをまとめていた」

どうやら氏家は、津賀の前でマスターベーションに励み、見られることで興奮してあの派手なよがり声をあげていたらしい。津賀は津賀で、その光景に時々目を向けつつ、研究論文を書いていたということか。

想像したくもない光景だ。

冷蔵庫からオレンジジュースのパックを出した。コップに注《つ》ぎながら、津賀をなじった。

「お前ら、何やってんねん……医者と一流会社の社員がすることか。この変態」

「社会的な肩書きなんかに期待をかける方が悪い。それに氏家をレイプしたお前に、人を非難する資格はあるのか？」

「うっ……」

「氏家もな……最初は泣きながら抵抗してくれて、それなりに楽しめたんだが。すぐ味を覚えて、しつこくせがむようになってしまった。面倒だから十回に一回ぐらいは相手をしてやるが、気が乗らない。だから、お前が氏家をどうにかしてくれれば、助かる」

むっとした。

津賀の言い草は、氏家だけでなく仁希自身にも関心がないというふうに受け取れる。

「自分が犯った相手やろ。責任感ていうモンはないんか」

「別に。飽きてしまえば、関心はないな」

トースターから、食パンが焼ける香ばしい香りが漂ってくる。津賀が淹れたコーヒーのにおいもする。だが話題は朝食の席にはまったくふさわしくない。

「サイテーなヤツやな。いつか刺されて死ぬぞ」

「……お前は、殺さないのか」

普段とは違う響きの声が返ってきた。

仁希はダイニングテーブルを振り返った。

普段、仁希の相手をする時、津賀の声には、皮肉とも嘲弄《ちょうろう》とも取れる気配が覗く。だが今の声音にその種の歪みはなかった。むしろ寂しげにさえ聞こえた。

「死にたいんか？」

問い返すまで間が空いてしまった。せせら笑うべき場面のはずなのに、まじめな声が出てしまったことも、自分の当惑をむき出しにしたようで悔しい。

津賀が呟くのが聞こえた。

「殺されても仕方がないことをやっている自覚はある。ただ、自分から死のうとは思っていない。……これ以上、負けたくはないから」

「何に？」

けれども津賀は、自分が喋りすぎたと気づいたのか、ハッとした表情になって小さく首を振り、喉に軽く手を触れた。戒めるための仕草に見えた。

「とにかく、お前が復讐《ふくしゅう》したいなら、いくらでもチャンスはある。やればいい。……しかし失敗したら倍返しされる覚悟を決めておけ。下手くそな仕返しに黙って協力するほど、寛大じゃないぞ」

立ち上がり、仁希に視線を向けて言った声には、もういつもどおりの傲慢で冷徹な響きが戻っている。

そのまま津賀は出ていった。以前はちゃんと電動ミルやポットを片づけていたくせに、この頃は置きっぱなしだ。『仁希が片づける』という状態に慣れてしまったらしい。

自分が使ったカップは自分で片づけェ、と文句を言うのも忘れて、仁希はその背中を見送った。さっきの言葉が頭に残って離れない。

トースト二枚とオレンジジュースの朝食を摂りながら、考え込んだ。

(なんでや。なんで、誰かに殺されんのを期待してるようなこと、言うねん。そんなん……傍迷惑な趣味を直したらええやないか)

そう思う一方で、先日津賀が『簡単に直るようなら、誰が苦労するか』と言ったことを思い出す。

だとしたら、津賀にも自分の性癖を疎ましく思い、直そうとした経験があるのだろうか。直らずに自己嫌悪を覚え、そのためにあんなことを言ったのだろうか。

(そんなわけない。センセはそんな殊勝な性格と違う。オレを縛りつけて無理矢理犯ったや

ないか。変質者で自分勝手で根性曲がりで……ほんま、どうしょうもないヤツや。外見だけなら、そんなふうには見えへんのに）

しゃくしゃくとトーストを嚙みながら思った。

（見た目だけやったら、結構男前なんやけどな。綺麗な眼、してるし）

底の見えない深い湖のような瞳を、嫌いではない。最初に出会って自分が殴った時も、あの平静な眼で見つめ返され、気圧された。

（……そうなんや。気圧されてるんや、オレは）

舌を嚙もうとしたのを阻止されたことを思い出すと、敗北感を覚えずにはいられない。立場が逆なら、とっさに自分はあれだけのことができるだろうか。

下手をすれば指を食いちぎられるかもしれないのだ。現に津賀は指三本に傷を負った。あとになってからだと、そんな危険な真似をしなくても、両頰を外から押さえて顎関節《がくかんせつ》を閉じられないようにすればよかったとか、鳩尾《みぞおち》を殴ればなんとかなったかも、などと言えるだろう。だがその場でとっさに動けるかどうか。

（根性が据わってんのは確かやな）

もっとも津賀の場合、据わった根性がねじ曲がっているから、たちが悪い。

それならそれで、ひたすら憎たらしく傲慢な存在でいてくれればいいものを、なぜ翳《かげ》のある表情を覗かせたりするのか。その翳の裏にあるものを、知りたくなってしまう。

(……なんや。どうしたんや。なんでセンセのことばっかし考えてるんや)

気がついて、動揺した。

(なんか、おかしいんちゃうか、オレ。センセがウジウジとヤってたと思てムカついたり、ウジウジを回したるて言われて腹立ったり……おかしいぞ、おい)

仁希はテーブルに突っ伏して頭を抱えた。

(あかん。環境が悪いんや。はよ、この家から出ていかなあかん。そうでないと……)

どうなるのかは考えたくなかった。ただ、津賀から早く遠ざかった方がいい。いや、離れなければならない。これ以上、関心を持ってしまわないうちに。

けれども、出ていく前にどうしても見つけなければならない物がある。自分を撮影したメモリーカードだ。

「よしっ！　捜すで。捜して、見つけて……今日中に出ていったる！」

自分自身を励ますかのように声をかけ、仁希は立ち上がった。

4

ポォーン、と軽い音が遠くで聞こえた。玄関に置いてある、振り子つきの置き時計だ。

（あ？　何時や、今……あれ？　ああ、そうか。オレ、寝てしもたんやな）

暗くて周囲の様子がわからず、一瞬混乱したが、すぐに思い出した。自分がいるのは、津賀の寝室の隣にあるクロゼットルームだ。

二階の書斎、寝室でもメモリーカードを見つけられなかった。クロゼットルームの捜索に取りかかったのは昼過ぎだ。食事をすませたあとだったせいか、やたらにあくびが出てきた。五分か十分だけのつもりで厚い絨毯が敷かれた床に寝転がったら、そのままぐっすり眠り込んでしまったらしい。

クロゼットルームには、天井に近い高い位置に、換気と明かり取りの小窓がある。ここへ入った時は、澄んだ秋晴れの空がガラス越しに見えていたのに、今は真っ暗だ。

（何時間寝てたんやろ。カードを見つけて、今日中には出ていくはずやったのに）

体を起こし、外へ出ようとした。

（あれ？　センセ、もう帰ってきたんか？）

クロゼットルームと寝室を隔てるのは鎧戸《よろいど》一枚だ。誰かが歩き回っている気配がはっきり伝わってくる。しかし津賀にしては足音が重い。

隙間から覗いてみた。

別人だった。スーツにネクタイ姿で、年は津賀と同じくらいか、もう少し年上だろう。知らない顔だ。

（誰や。人が来るなんて聞いてないぞ。まさかウジウジと同じパターンと違うやろな）

氏家がこの前口にしていた『ベッドで全裸で待っていれば、抱いてもらえるかと思って』という言葉が脳裏をかすめ、仁希は悪寒を覚えた。まだ若くて乙女系の氏家ならともかく、がっちりした体格で猪首のオヤジが脱いでベッドに身を横たえる場面など、見たくない。

が、幸いというべきか、男が脱ぎ出す気配はなかった。

けれども単なる訪問者にしては、寝室まで上がってきたことがおかしい。やっていることはもっとおかしい。

さっき綺麗に片づけた寝室の中は服や雑誌が無秩序に放り出されてめちゃくちゃだ。今、男はナイトテーブルの引出を漁《あさ》っている。

男の体格と行動が、仁希の記憶を刺激した。

（こいつ、あの時の空巣や……!!）

だったら見逃すわけにはいかない。つかまえなければ。

(しかしゴツイ体つきやな……背丈はセンセと同じくらいやけど、幅がありすぎる)

桑山のような脂肪ぶよぶよ体形ではなく、柔道やラグビーの選手にいそうな、筋肉のついた太り方だ。中肉中背の自分と比べたら、体重は倍近くあるかもしれない。スピードなら自分の方が勝ると思うが、パワーでは絶対に負ける。正面から飛びかかっても、振りほどかれて逃げられてしまうだろう。

(くそ、ナイフの一本でもええから、ここに持ってたらなァ。突きつけて縛り上げるいう方法があったのに)

物音をたてるわけにはいかない。ここにいるのを気づかれる。

自分の売りは敏捷さなのに、こんな狭くて動きのとりにくい場所で重量級と対峙《たいじ》するのは圧倒的に不利だ。広い場所へ出て不意打ちをかける以外、勝ち目はない。

目当ての物を見つけられないのか、男が舌打ちした。

「畜生、津賀の奴……どこへ隠してあるんだ」

津賀の名を口に出す以上、知り合いに違いない。

「こうなったら……」

低く呻いて、男は体を起こした。足音も荒く寝室を出ていく。この家に自分以外の誰かがいるなどとは、まったく考えていない様子だった。仁希は昼間のうちにクロゼットルームに入り、そのまま眠ってしまったから、日が暮れても家には明かりが点いていなかった。それを見て、誰もいないと思い込んだのだろう。

男の足音が階段を下りていく。このまま逃げられては格好がつかないと思い、仁希はクロゼットルームの戸を開けて外へすべり出た。

階段の上から覗くと、男が玄関の方ではなくＬＤＫへと廊下を進んでいくのが見えた。

（あれ？　逃げるんと違うんか。何すんねん）

廊下との境の戸は開けっぱなしになっているうえ、明かりも点いていた。すでに捜索ずみらしく、寝室と同様に物がひっくり返されたり、床へぶちまけられたりして、廊下にまではみ出しているのが見える。仁希は戸の陰へ身を隠して、奥を覗いた。

（あいつ、まさか……‼）

男は、雑誌や新聞など、燃えやすそうな紙類をサイドボードの前に集めていた。それからキッチンの方へ歩いて、何かごそごそしていたあと、戻ってきた。手に持っていたのはサラダオイルのボトルだ。蓋を開けて中身を、積み上げた紙や周辺の家具にかけている。

間違いない。放火する気だ。

さっきこの男は寝室で『どこへ隠してあるんだ』と口走っていた。自分と同様にメモリーカードか、写真か、なんらかの形で津賀に弱みをつかまれているのだろう。だから、いっそ家ごと燃やしてしまえという気を起こすのは理解できる。

けれども容認はできない。

（オレが先に思いついて、そやけど実行せんかったことやぞ！　あとから来て、勝手にしょうもないことすんな！）

激しくむかついた。

男がこちらに背を向けた瞬間、仁希は戸の陰から飛び出し、一気に走り寄った。

「動くな！　両手をそうっと上げェ。変な動きをしたら、このアイスピックで刺すぞ」

気配に気づいた男が振り向こうとした時には、仁希はすでに背後を取っていた。ジャケット越しに背中へ押し当てられた、とがった感触に驚愕《きょうがく》したらしく、男が体を震わせる。

「だ、誰だ!?」

「それはこっちの台詞や。オッサン、誰や。この前も空巣に入ったやろ。合鍵まで作って」

「お前、あの時の……!!」

暗闇の中で仁希と取っ組み合いになったことを思い出したらしい。つまり先日の空巣はこの男に間違いないわけだ。

「手を上げェ言うてるやろ。この前は思いきり蹴ってくれたな。ほんまはお返しにグサッといきたいのを我慢してるんやで。名前は？　センセにどんな恨み持ってるんや？」

言いながら仁希は、武器の先端でさらに強く男の背を押した。

ただし右手に持っているのはアイスピックではなく、ボールペンだ。寝室には適当な武器が見つからなかったので、はったりでごまかすことにした。背中に当たる感触だけなら、ボールペンかアイスピックか、わかりはしないだろう。

そろそろと両手を上げながら、男が呻いた。

「や、やめろ。長谷川だ、長谷川禎秀《よしひで》……津賀と同じ病院に勤めている。別に……弱みをつかまれたわけじゃない。貸した物をどうしても返してくれないから、取り戻しに……」

「嘘つけ。取り戻しにきて、なんで放火の準備するんや」

「……」

「まあええわ。そのへんのことはセンセに任す」

いつまでもボールペンを押し当てているわけにもいかない。手が疲れそうだ。自分としては、この前の返礼に二、三発ぶん殴れば気がすむ。あとの始末は津賀に押しつけよう。

(身動き取れんように縛って、転がしとくのがええやろな)

しかし縛る道具が手近にない。紐か、ガムテープでもいいから、そのへんに落ちていないだろうか。仁希は視線をめぐらせた。

注意が逸れて、ボールペンを持つ手の力がゆるんだ。

その瞬間を待っていたのだろう。

長谷川が一歩前に逃げた。身をひるがえし、仁希の手を下から跳ね上げる。

「おわっ!?」

不意を突かれた仁希の手からボールペンが飛び、床に落ちた。長谷川の顔が怒りの色に染まった。

「こ、こいつ……騙したな！」

つかみかかってきた。

こうなったら仕方がない。殴り合いだ。

体を開いてかわし、右ストレートを顔面へ叩き込んだ。

鼻を押さえて長谷川がよろめく。

その足元を、思いきり蹴った。

顔面へのカウンターとローキックのコンビネーションは効いたらしい。バランスを崩し、巨体が地響きをたてて床に転がった。

巻き添えを食ったフロアスタンドが傾いて倒れる。ガラスの割れる派手な音が響いた。

「へっ、この前の礼や！」

倒れた長谷川を、仁希はここぞとばかりに蹴りまくった。鳩尾かこめかみを蹴りつけたいところだが、長谷川が腕で頭をガードし、体を丸めているのでなかなか思うようにいかない。

(とにかく、ダメージ食らわせとかんと……体重差がありすぎやねん)

身動きできなくなるところまで持ち込みたい。でないと、拘束しようとして近づいても、さっきのように払いのけられて終わりだ。

その焦りが、隙になったのかもしれない。

蹴った足をつかまれることは警戒していた。が、長谷川が腕を伸ばして、床に転がっていたボトルをつかんだのを見逃してしまった。

ばしゃっ、と液体が足元にぶちまけられた。

仁希は慌てて飛びのいた。その足が、勢いよくすべった。

「……うぁっ⁉」

長谷川がつかんだのは、サラダ油のボトルだったのだ。

油を吸い込んだソックスは床を捕らえられない。仰向けにひっくり返った仁希の姿は、隙だらけだったろう。形勢は一瞬で逆転した。

「ぐはっ‼」

腹に大岩を投げ落とされた気がした。飛び乗るようにして、長谷川が仁希の上へ馬乗りになったのだ。衝撃に腰の骨がきしんだ。

胸倉をつかんで引き起こされた。

「なめた真似をしやがって、このガキ‼」

目の奥で火花が散った。

右、左、右――何度も顔を殴られた。

一発一発のパンチが重い。激しく揺さぶられた脳が、頭蓋骨《ずがいこつ》の内側にぶつかる。飛びそうになった意識が、次の一撃で引きずり戻される。口の中が切れて、血の味が舌ににじんだ。

腰の上に乗られているので、蹴りは使えない。反撃のつもりでボディを殴ったが、効いている様子はなかった。

長谷川が凶暴な愉悦をにじませた声で吠える。

「それで殴ってるつもりか!? さっきの元気はどうした! 殴るってのはこうやるんだ!」

拳《こぶし》は容赦なく腹や鳩尾にも食い込んだ。胃液がこみ上げ、食道が焼ける。

どれほどの時間、一方的に殴られただろうか。

手を離されて床に転がったあとも、仁希は動けなかった。殴っていた長谷川も、肩で息をしている。

「おい。そういえばお前、なんでこの家にいるんだ? 津賀は一人暮らしって話だし……」

ようやくそこへ気を回す余裕が出てきたのか、長谷川が尋ねてきた。

(くそ……なんとか、反撃せんと……)

わざと小声でぼそぼそ呟いた。

「ん? なんだ?」

長谷川がそばへ膝をつき、身をかがめた。

その顔面を狙い、仁希は思いきり指を突き出した。目か鼻を突けば、ひるませることができると思ったのだが、

「……うおっ!」

長谷川がのけぞってよける方が、わずかに早かった。目元をかすめただけの一撃は、なんの役にも立たない。むしろ逆効果だった。

「この野郎、まだ懲りないのか！」

「ぐ……‼」

太い指が、喉に食い込んだ。そのまま絞め上げられる。

懸命にもがいた。足をばたつかせ、指の爪《つめ》を長谷川の手に食い込ませた。それでも、首を絞める手の力はゆるまない。

（おい、ヤバイって……マジ、死ぬって！　正気なんか、こいつ……⁉）

長谷川の血走った目からは完全に冷静さが消えていた。あるのは狂気じみた怒りの色だけだ。さっき家に火をつけようとしたことといい、怒ると冷静さを失うたちなのかもしれない。

（あかん……助け……）

視界が端の方から暗くなっていく。

（セン、セ……）

どうしてあの顔を思い浮かべたのかわからない。だがなぜか、脳裏をかすめたのは他の誰でもなく、津賀だった。だがそのイメージも、暗く溶けていく。

「……ん？　なんだ？」

長谷川の呟きが聞こえ、不意に呼吸が楽になった。手がゆるんだのだ。激しい咳《せき》の合間に、仁希は肺に溜まった二酸化炭素を吐き出し、夢中で酸素を貪った。

「なるほどな。津賀のためにムキになってると思ったら、そういう関係か。キスマークなんかつけやがって、このホモ野郎」

ハッとして、喉に手をやった。絆創膏がない。

長谷川が自分の首を絞めた拍子に、めくれて取れたらしい。昨日氏家につけられたばかりの色鮮やかな痕は、丸見えになっているはずだ。

「あいつのオンナなんだな、お前」

「そ……そんなんとちゃうわ、アホ！」

だがたった今、自分は津賀の顔を思い浮かべてしまった。それに体の『関係』があるのも確かだ。言い返す言葉に詰まって、顔が熱くなった。

長谷川が下卑た笑いを浮かべた。

「ハッ。耳まで真っ赤になってるじゃないか。……津賀の離婚の理由が、ホモだからだったとは知らなかった。月にいくらで囲われてるんだ？」

「囲われてない！　オレは……オレはただの、住み込みのハウスキーパーで……」

長谷川はいやな笑い方をした。

「ごまかすな。そういや、愛想なしで人嫌いって噂の津賀が、他人を家に住み込ませてること自体がおかしいんだ。ペットなら無理もない」

「違うて言うてるやろ、人の話聞けや！」

「本当はどうなのか、津賀に訊いてみればわかるだろうよ。……放火はやめにする。写真が見つからなくてついつい頭に血が上ってたが、最近の科学捜査ってのは馬鹿にできないらしい。俺が火をつけたってばれたんじゃ、何もかもパアだ。それよりは津賀と取り引きする方がずっといい。お前をエサにしてな」

言うなり長谷川は、体重を乗せた一撃を鳩尾へ叩き込んだ。

声も出せずに、仁希は意識を失った。


それから、どのくらい時間がたっただろうか。

ごりごりと頭を硬い物に押しつけられる痛みで、仁希は目を覚ました。

(なんや……どこや、ここ？)

目に入るカーペットの色調や家具の種類、さらにアルコール臭が混じった空気のにおいから、自分の見知った場所でないことはすぐわかった。どこかの寝室らしいが、自分が寝かされているのはベッドではなく、そばの床の上だ。

「……だから、ざっくばらんに話をしようじゃないか」

長谷川の声が頭の上から降ってくる。自分に対して話しかけている様子ではない。

「こっちの弱みをつかんだつもりでいい気になってたんだろうが、あいにくいつまでも偉そうに言われてるつもりもないんだ。離婚したって噂は聞いてたが、その理由がホモだからとは知らなかったよ。ええ？　そうなんだろう、津賀先生？」

津賀の名前が意識に突き刺さって、思考が急速にクリアになった。

ホテルという感じではない。自宅の寝室のようだ。

自分は後ろ手に縛られたうえ、両足首も荷造り用のナイロン紐でくくられ、芋虫《いもむし》のような格好で床へ転がされていた。

頭痛の原因は、ベッドに腰掛けた長谷川がスリッパの足を仁希の頭に乗せて、時々思い出したように力を入れてくるからだ。片手に携帯電話を持ち、もう片方の手をサイドテーブルに置いたタンブラーに伸ばすのが見える。仁希が目を冷ますまでに、何杯か呷《あお》ったのかもしれない。長谷川の顔はすでに赤黒く染まっていた。

(そうか。オレ、こいつに殴られて気絶したんやった)

おそらく、車か何かでここへ運ばれたのだろう。

長谷川は仁希が目を覚ましたことにまだ気がついていないらしい。自分の優位を確信した表情で、電話に向かって面白そうに喋り続けている。

「病院の誰かに……手術場のお喋り婦長にでも『外科の津賀先生はホモで、家に愛人がいる』って教えたら、大ニュースになるだろうよ。困るんじゃないか？」

津賀がどう答えたのかは聞こえなかった。なんにせよ、ごく短い言葉だったようだ。すぐにまた長谷川が喋り始めた。

「強がるなよ。それより本題だ、写真をよこせ。お前のペットと引き替えだ。……とぼけるな。関西弁を喋るクソ生意気な、髪の赤いヤツだ。留守宅を守ろうとしてがんばったんだから、忠犬か？　ずいぶん凶暴で、つかまえるのに手を焼いた。飼われてる犬の分際で人間様に逆らうなってことを教え込んでやったから、今はおとなしくなってるがな。……心配か？」

言ったあと、長谷川は仁希の頭に乗せていた足をいったん下ろし、こめかみを蹴った。

「ほら、起きろ！」

「ぐっ……」

長谷川が手を伸ばして、携帯電話を顔の前へ突きつけてきた。仁希の物だ。パーカのポケットに入っていたのを、抜き取ったのに違いない。そういえば同居を始めて三日目ぐらいに、連絡用として津賀の携帯電話の番号を登録してあった。

「津賀が心配してるぞ。声を聞かせてやれよ。……『助けてください。長谷川先生の言うとおりにしてくれないと、ボクはひどい目に遭います』とでも言って泣きつけ」

この男は、仁希が津賀の愛人だと誤解している。人質にすれば、津賀に言うことを聞かせられると思ったのに違いない。

全然違う。断じて違う。

津賀は面白がっているだけだし、自分としても好んで津賀に抱かれたわけではない。不意を突かれて負けた結果が、そうなったにすぎない。

電話から、津賀の冷めた声が聞こえてきた。

「仁希。こいつに何を言った?」

「見損なうな、俺はなんも言うてない！　アホが勝手に勘違いしやがったんや‼」

わめき返した途端に、

「誰がアホだ！」

長谷川に腹を蹴られた。仁希は体を二つに折って呻いた。それでも、津賀に助けを求める気はまったくなかった。

(そんなカッコ悪いことできるか。オレは今んとこ、センセに負けっぱなしなんやぞ。このうえ、借りを作ってどうすんねん)

蔑まれたくない。津賀に、口先だけの弱虫と思われたくはない。

携帯電話にではなく長谷川に向かって、仁希は言い放った。

「アホでなかったらドアホや、お前。……勝手にしょうもない勘違いしやがって。俺はただのハウスキーパーや、言うてんのに」

「嘘をつけ！　その首の痕が……」

「これは別口や‼　だいたいあの根性曲がりが、他人のための取引なんかに応じるか！　知り合いやったら性格読めや、マヌケ！」

返事の代わりに、こめかみを蹴られた。脳を激しく揺さぶられて、意識が飛びそうになる。

仁希に交渉させることは諦めたのか、長谷川は携帯電話に向かってどなった。

「とにかく、このガキが大事だったら写真をよこせ！　お前にチクチクチクチク嫌味を言われるのにはうんざりしたんだ、俺は！　これ以上いらつかせたら、このガキがどうなるかわからんぞ……!!」

意識は半分かすれていたはずなのに、なぜか仁希の耳は、電話からわずかに漏れるかすれ声を、はっきりととらえた。

「何か勘違いしていらっしゃいませんか。あれは、家に押しかけてきただけの掃除夫です。おめおめとつかまって取引材料にされるような馬鹿に、関心はありません。見捨てると伝えてください。……煮るなり焼くなり、長谷川先生の好きにどうぞ」

返事に嘲笑の気配を聞き取って、仁希の全身が熱くなった。

電話の向こうの津賀に聞こえるようにわめいた。

「何が『見捨てる』や、偉そうに言うな！　最初からあてにしてない！　今更借りを作るくらいやったら、この岩石デブにタコ殴りされる方がずっとマシや、ボケ!!　……うっ！」

側頭部を思いきり踏みにじられ、こらえきれずに苦痛の悲鳴が漏れた。

（どうでもええわ、クソッタレ。わかってたんや。センセはもともと、誰のことも、関心ないって言うてたし、オレかてセンセに頼る気なんか……)

交渉は決裂したようだ。携帯電話を放り出した長谷川がベッドから立ち上がり、仁希を見下ろした。

「くそっ、お前といい津賀といい……人を馬鹿にしやがって!」

「うぁっ!」

津賀に軽くあしらわれた怒りを、長谷川はそのまま仁希へ向けたようだった。腿を蹴りつけた足の力には、容赦というものがなかった。

「タコ殴りにされたいとか言ってたな。津賀も好きにしろって言ったことだし、ご希望どおりにしてやる。おら、立て!」

仁希の胸倉をつかんで引きずり起こし、顔を殴った。

手も足も縛られていては、抵抗のしようがない。重い一撃を頬に食らい、仁希は吹っ飛んだ。背中を壁に打ち当て、床に崩れ落ちた。

長谷川が歩み寄ってくる。

「このマンションは防音がいいんだ。隣や上下の部屋でガキがわめいても、ドアや窓をぴったり閉めておけば悩まされない。つまりお前がいくら大声で騒いだって、誰も助けにこないってことだ。……ふん、そうやって転がってたら、まるで芋虫じゃないか。ほら、踏みつぶすぞ!　のたくって逃げてみろ!」

「ぐうっ！　ボケ、誰が……うあぁっ！」

殴られる。蹴られる。踏みつけられ、投げ飛ばされる。

どれほどの時間がすぎただろうか。

暴力がやんだ。

一方的に暴行を加えるだけでも疲れたらしく、長谷川は肩で息をしている。

だがもちろん、仁希が受けたダメージはそれをはるかに上回る。呻き声さえ出せなくなり、ぐったりと床に転がっていた。

口の中が切れて、血の味がする。殴られ、蹴られた箇所が熱を帯び、心臓の拍動に合わせて疼く。ここまで痛めつけられたのは何年ぶりだろう。大阪から移ってきて編入したばかりの学校でからまれた時、袋叩きにされたが、それでさえここまでひどくはなかった。

「へえ……そうやってぐったりしてる格好ってのは、男でも意外とそそるものなんだな」

いやな予感としかいいようのないものが鼓膜から脳へ伝わってきて、仁希は懸命に目を開けた。自分を見下ろしている男の顔に視線を当てる。

酔いに濁った長谷川の目が、にやりと笑った。

「単純に殴ったり蹴ったりじゃ、ガキの喧嘩と一緒でつまらないんじゃないか？　津賀がペットにしてるくらいだ。相当のタマなんだろう、お前も」

暴力を振るい続けたことが、別種の興奮を呼び起こしたようだ。欲情をたぎらせた声で言い、長谷川がそばへ歩み寄ってきた。身をかがめ、仁希の服に手をかける。

「おい……？　ち、ちょっと待っ……」

「生意気なガキは俺の好みじゃないが……どんな味か、試さないのももったいない」

ダメージデニムのファスナーが下ろされた。ボクサーショーツごと力任せに引っ張られると、あっけなく膝まで下りた。下腹部から太腿までがむき出しになった。

長谷川が小さく舌打ちしたが、その理由を考えるより、皮膚に触れる空気の冷たさに仁希はうろたえた。Ｔシャツをめくり上げる長谷川に向かってどなった。

「や、やめェ、アホ！　オレはセンセのペットやないって、さんざん言うたのに……‼」

「黙れ！　いちいち逆らうな！」

「……うあぁっ！」

右の乳首に激痛が走り、仁希はのけぞった。噛みつかれたのだ。

「ふん。津賀にさんざんしゃぶられて、鍛えてんじゃないのか？　このぐらいしなきゃ、応えないだろう」

いったん口を放して揶揄《やゆ》したあと、長谷川は再び歯を立てた。

「放せ、噛み切る気かっ……あ、ぁあ‼」

仁希が悲鳴をあげても、力はゆるまない。愛撫などではなく、嗜虐心《しぎゃくしん》に獣欲をからませた、痛めつけるためだけの行為だった。

これ以上抵抗したら、本当に嚙み切られるかもしれない。仁希はもがくのをやめた。

「やっとわかったか。おとなしく犯られてりゃいいんだよ。それともなんだ、飼い主に操を立ててるってわけか？　見捨てられたくせに」

嘲笑ってから、長谷川は仁希の足首を縛っていた紐をほどいた。

足は自由になったが、逃げ出す力は残っていない。

首がもげるかと思うほど手加減のないやり方で、Tシャツから頭を抜かれた。中途半端に脚にからまっていたボトムも、ソックスごと剝ぎ取られた。残った衣服は、後ろ手に縛られた腕にからまっているパーカとTシャツだけだが、前から見れば全裸と変わりない。

「津賀とはいつもどうしてるんだ？　まさかあいつが女役ってことはないだろう？　もしそうなら面白いんだが……どうなんだ、しゃぶってやるのか？　いつもやるようにやらせてやろうか。……いや、だめだな。お前のことだ。嚙みつくかもしれない」

太い指で仁希の顎をつかんで顔を上げさせたものの、すぐに自分で自分の思いつきを否定して、長谷川は手を放した。

首を持ち上げる力は仁希には残っていない。落ちた頭が床に当たり、目の奥で火花が散った。ぶれた視界に、ベルトをゆるめる長谷川の姿が映った。

（くそ……なんで、こいつにまで……）

悔しい。けれど体が動かない。このあとに来る行為がどういうものかよくわかっているの

に、なんの抵抗もできない自分が情けなかった。

脚をつかまれ、折り曲げられた。唾を吐く音に続いて、ぺちゃぺちゃという響きが聞こえてきた。長谷川が潤滑液として自分の性器に唾液をなすりつけているらしい。ぬらぬらした熱いものが後孔に触れる。

そのまま、押し当てられた。指でほぐしもせず、いきなり挿入する気のようだ。

「くぅっ……」

こらえようと思ったのに、我慢しきれずに呻き声が漏れた。

長谷川の荒い息づかいが聞こえる。押し入ってくる。自分の中へ、無理矢理――。

(……ん?)

仁希はきょとんとした。

何かが違う。摩擦と異物感はあるけれども、圧迫感があまりに少ない。

(なんや、これ?　鉛筆……のわけはないし……)

長谷川の両手は仁希の腰をつかんでいるから、手の指や玩具を押し込んでいるはずはない。

しかし今までの経験――といっても津賀との二回だけだが――とは、明らかに違う。長さと硬度はそれなりにあるが、太さがあまりにもみすぼらしい。

(これって……なんちゅーか、えーと……初めてでも安心の、スリムタイプ?)

そういえば、仁希のデニムと下着を引き下ろした時、舌打ちしていた。あれは男としての劣等感のなせる業だったのかもしれない。今、自分の中で動いている屹立がもたらす圧迫感は、津賀に指を入れられた時とほとんど変わらなかった。

(ナニのサイズは体格と反比例するて聞いたことあるけど……ここまで正確に体現してるヤツ、見たことないぞ)

これなら、体は楽だ。翌日まで後を引くことはないだろう。

津賀としたあとは、本当にきつい。歩くだけでも全身がきしむし、体を大きく動かすと下半身が疼く。けれどもそれ以上に苦しいのは、体の芯に余韻が残ることだ。

(……なんでオレ、センセのことなんか考えてんのやろ)

根性曲がりで態度がでかくて嫌みったらしくて、筋金入りの性格破綻者だとわかっているのに、なぜ津賀のイメージが頭に浮かんでくるのだろう。

『取引材料にされるような馬鹿に、関心はありません。見捨てると伝えてください』

そんな、人を見下しきった台詞まで言われてしまったのに。

(まあ、見捨てられてもしゃあないか……ミスったんはオレやし。もともと、助けにきてくれるような人と違うもんな)

津賀の性格からも自分との関係からも、期待はできない。そうわかっていて、考えてしまう自分が不思議だった。

「はぁ……」

思わず、溜息が漏れた。

乱暴に腰を動かしている長谷川が、荒い息の合間に笑うのが聞こえた。

「気持ちよくなってきたのか？　レイプされてよがるなんて、本物の淫乱《いんらん》だな、お前は」

溜息を喘ぎと勘違いしたらしい。長谷川が腰の動きを速めた。

（アホやろ、こいつ……オレ、勃ってもないのに。ええから、はよ終われ。鉛筆）

相手の反応を引き出す余裕は、長谷川にはないらしい。やがて仁希の中に熱い液体があふれ出る感触があった。同時に長谷川が覆いかぶさってくる。荒い息が肩のあたりにかかって気持ちが悪いし、巨体の重みがまともにかかる。

仁希は顔をしかめた。

（なんの味も残さへんヤツやな。……入れて出した、それだけや）

津賀との行為は違う。

あの男は、仁希の中にある埋み火《うずび》のようなものをかき立てて、全身を燃え立たせる。体に快感を刻み込まれる。感じるまいとどんなに歯を食いしばっても巧みな愛撫に落とされて、意識が屈辱と背中合わせの快感に染め上げられる。終わったあとまでも、忘れられずに——。

（……なんや。なんでオレは、さっきからセンセのことばっかり考えてんねん。こいつと比べるみたいに……）

そう気づいた時、長谷川が体を起こした。勝ち誇った声で、尋ねてくる。

「どうだ、クソガキ。津賀とどっちがよかった？　俺の方がいいか？」

「それはそうやな」

不意を突かれて、溜息と一緒につい本音が出てしまった。

「細いから、めちゃ楽や」

「……っ!!」

長谷川の顔色が変わった。酒の酔いで赤らんでいたのが、みるみるうちに青ざめた。

（やばっ……）

失言だった。男として一番の劣等感につながるポイントを突いてしまった。

長谷川はカッとなると何をするかわからない。さっきは危うく乳首を噛みちぎられるところだった。津賀の家では首を絞められ、殺されかけたくらいだ。

「この野郎……」

呻いて、長谷川が仁希の前髪をつかみ、引き起こした。押し殺した口調が逆に、怒りの深さを窺わせた。仁希の背筋を寒気がすべり降りた。

だがその時、寝室のドアの外で、チャイムの音が聞こえた。長谷川が動きを止めた。

誰かが訪ねてきたらしい。四回、五回、執拗に鳴り続ける。

長谷川が舌打ちをして仁希を放した。下ろしていたズボンを元通りにはき直して寝室を出ていった。インターホンに応対しているようだ。

一人にはなったが、仁希はまだ起き上がれなかった。レイプによる身体的ダメージは小さかったものの、その前に殴られ蹴られ踏まれたのが尾を引いている。

じっとしていると、ドア越しにかすかに話し声が聞こえてきた。とはいってもインターホンを鳴らした相手の声はとても仁希まで届かないし、長谷川の言葉の内容も聞き取れない。ただ、何か喋っていることだけはわかった。

単なるセールスではないのか、話が長い。

(まさか……)

思い出しては打ち消してばかりのイメージが、また脳裏に甦ってくる。——切れ長の眼と薄い唇を持つ、愛想のない顔。

(んなわけあるか)

未練がましい自分に苦笑した時、長谷川が妙に慌てた様子で戻ってきた。全裸に近い状態の仁希を見下ろして呟く。

「この格好じゃまずいな……おい、下をはけ。早くしろ!」

はけと言われても、両手は背中でくくられているのだ。どうしようもない。長谷川もそれに気づいたらしく、床に落ちていたデニムを取って仁希の脚に通した。

「いいか、あとで痛い目に遭いたくなかったら、何を訊かれても黙ってろ。お前は、ここへ忍び込んで俺につかまったコソ泥だ。いいな、わかったな? 俺に話を合わせるんだ」

おかしい。慌てているのは確かだが、その一方でどこか浮かれているような気配も、長谷川の表情にはにじみ出ている。レイプを口止めすることといい、訪問者はいったい誰なのだろうと仁希は不審を覚えた。しかもその相手はこの部屋へ来るらしい。

「俺がお前を抱いたなんて、絶対口に出すんじゃないぞ。おとなしく言うとおりにしたら、これで勘弁してやる」

長谷川が仁希にボトムをはかせ、Tシャツを直している間に、再びチャイムの音がした。あたふたと長谷川が出ていった。やがて、玄関の方から、ドアチェーンを操作し、ロックを外す音が響いてきた。そして、長谷川の狼狽しきった声も。

「つ、津賀!? なぜお前がっ……!!」

仁希は愕然とした。まさか、津賀がここへ来るはずはない。だが今、長谷川の叫んだ名は確かにそう聞こえた。

距離があるために、それ以上声は届かない。

余計な物音をたてまいとして身をこわばらせ、仁希は耳を澄ました。自分の心臓の音さえもが邪魔に思えた。

——話はそこから一時間以上さかのぼる。

携帯電話が鳴った時、津賀は仕事を終えて、自宅へ車を走らせている途中だった。医師という仕事に就いている以上、担当患者の容態急変などで呼び戻されるのは日常茶飯事だ。てっきりその手の連絡だろうと思い、道路の端に寄せて停車し、電話に出た。

それが、長谷川からの『お前のペットと、写真を交換しよう』という交渉だった。

最初はなんのことかわからなかったが、ペットが仁希のことだと知って脱力した。真剣に相手の知能指数を測りたくなったのは久しぶりだ。

こんな取引が成功すると思う方が、どうかしている。

面白がって住まわせているだけの仁希を自分の愛人だと誤解されたのも不愉快だったし、あっさりつかまった仁希にも腹が立った。あとになって、長谷川が柔道部OBだったのを思い出し、体格差を考慮すれば仕方がないかと考え直したが、電話を受けていた時は『それでもヤンキーか』と、その場にいない仁希を罵りたくなった。

第一、自分には交渉の大前提になる写真がない。

写したかのように言って長谷川をからかっただけで、単に長谷川と人妻風の女がホテルから出てくる場面を見ただけだ。

だから、断った。

長谷川の怒りが仁希に向かうだろうとは予想がついた。だとしても、まさか殺されるほどのことはあるまい。解放されたあと、仁希がどうするかは予想がつかない。帰ってくるならそれもよし、どこかへ行ってしまうならそれもいいと思った。どうせ数日で音を上げて出ていくと踏んで、それまでの暇つぶしに、住み込むかと誘ったのだ。

(……今日で一週間か?　よくもったな)

思い返して、少し感心した。何度かちょっかいをかけたが逃げられて、同居を決めた日以来抱いていない。ただし抱くよりからかうことで、大変楽しい思いをさせてもらった。

(仁希がいると、面白いのは確かだが……)

考えがぐらついたのは、帰宅したあとだった。

車をガレージへ入れ、家の中へ入ってLDKの明かりを点けた途端、溜息がこぼれた。惨憺《さんたん》たる有様、という言葉がこれほど似合う状況もない。雑誌や新聞、ガラスの破片などが床を埋めつくしているし、フロアスタンドやダイニングチェアがひっくり返っている。台風が家の中を通ったかのようだ。

今朝家を出た時には、床にも家具にも埃一つ見当たらないくらいに、掃除が行き届いていたのに。

(どうやって片づけたものだろう。業者かな……)

もともと、家の中が多少乱雑になっていても気にしない。整理整頓《せいとん》が行き届いている方が心地よいのは確かだが、自分で掃除をするのは面倒くさい。そのくらいなら、金を払ってハウスクリーニングの業者を呼ぶ方が気楽だった。だから今まではずっと、そうしていた。

（……仁希がいると、楽だったんだが）

家の中の片づけ方にも、好みというものがある。ハウスクリーニング業者も、今まで何社か頼んだが、中には仕事ぶりが気に入らなくて、一回頼んだだけでやめたところもあった。

仁希の掃除の仕方は、気に入っていた。

さんざん頭が悪いと言って仁希をからかったが、実際には、意外と知恵が回るのではないかと思っている。物の片づけ方がいい。次に使う時の利便性を考えて収納している感じがするのだ。勝手に配置を変えられたこともあったが、かえって使いやすくなった。

（本当に楽だったのに。からかえばストレス解消にもなるし）

ほんの数日、同居しただけだ。それでも人間は、心地よいことに対しては慣れるのが早い。

長谷川の、こちらの弱みを手に入れたと言わんばかりの勝ち誇った物言いが気に入らず、即答で断ってしまったが、早まったかもしれない。

（……馬鹿な。何を考えているんだ）

我に返って、津賀は首を振った。

（なぜ、あいつのことを考えている。執着しているのか？　冗談じゃない）

興味を持ったことは認める。

犯しても、殴り倒しても、決してへこまない。性行為の間だけは快感に流されるものの、終われば、何事もなかったように反抗してくる。実に、しぶとい。『オレは負けてない』、

『まだ勝負はついてない』と、見え見えの強がりを口に出す。

外見はヤンキーだが、多分、性格的には自分などよりよほど真っ直ぐなのだと思う。真っ直ぐすぎて、枠におさまりきらずにはみ出してしまったのかもしれない。

強がりを聞くたび、心の中では嘘をつけと突っ込んだものの、仁希に向かってそう指摘することはしなかった。

理由は簡単だ。面白かったからだ。

今まで、何人もの相手を引っかけて抱いた。抱くというより、犯した。厄介なことに、自分は相手のいやがる姿を見ながらでなければ、本気になれない。

対象の選別には一応気を配ったが、失敗して暴行や強姦で訴えられるならそれもいいと思っていた。だが本能的な嗅覚《きゅうかく》で危険を避けていたのか、今まであとで揉《も》めたことはなかった。氏家のように自分になびいたケースもあるし、金銭の要求で片づいたこともある。

不良の仁希は、警察に頼りはしないはずだと思った。もし自分に復讐をするなら、仲間に頼んで数で襲ってくるだろう。それもいいと、考えていた。

しかし仁希の行動は、予想を超えていた。

不良仲間の手を借りるわけでもなく、自分になびきもせず、まして金には激しい拒絶を示した。たった一人で自分に仕返しをしようとしていた。

『オレは負けてない』

その言葉を聞くたび、たった一つの負けを認めて逃げてしまえば、何度も何度もひどい目に遭わされることもないのにと思った。

がんばりや気力ではどうにもならないことがある。魚がどれほど空に憧《あこが》れてひれを動かしたところで、鳥にはなれない。もぐらは生まれた時から土中で一生を過ごすことが決まっている。世の中は、そういうものだ。だから自分は諦めていた。体に流れる血がそれを望んでいる以上、逆らっても無駄だと諦めていた。

だがその一方で、決して諦めない仁希のしぶとさに感嘆し、どこまでがんばれるのか見てみたいとも思って——。

どのくらいの時間、考え込んでいたのだろうか。

インターホンが鳴るのに気づき、津賀は我に返った。

(まさか、仁希……!?)

靴もはかずに三和土《たたき》へ下りて玄関を開けた。門扉の隙間から見えた髪は、夕焼けのような真紅ではなく、茶系のカラーリングだ。氏家だった。

当然だ。自分は長谷川の取引を拒否したのだから、仁希が帰されてくるはずはない。

「津賀先生?」

様子がおかしいと思ったらしく、氏家が首を傾げた。

「合鍵を持っているんだろう。勝手に入ってこい」

門扉のところまで行って開けてやる気にはなれず、声だけをかけて家の中へ入った。外から戻ると、LDKの荒れ具合が一層目につく。玄関から入ってきた氏家も、同じことを思ったらしい。驚きを通り越して賛嘆に近い声をあげた。

「うわぁ、すごいことになってますね……。もしかして、ニッキーが暴れたんですか？　先生と喧嘩して、とうとう出てっちゃったとか？」

勝手にあだ名をつけたらしい。黙っていると、すり寄ってきた。

「いいじゃないですかぁ。ニッキーなんかほっときましょうよ、津賀先生より長谷川先生を選ぶなんて、あの子、見る目がないですよ」

「……どうして知っている？」

驚いて顔を見直した。ここでなぜ、氏家が長谷川の名を出すのだろう。仁希が氏家に連絡を取るはずはない。

「じゃ、ほんとにニッキーは、先生より長谷川先生を取ったんですか。馬鹿な子だなぁ」

「そうじゃない。なぜお前が長谷川の名を出したかを、訊いているんだ」

「見ましたもん。二人が一緒にいるとこ」

「どこだ!?」

急いで尋ねたあとで、自分の口調にハッとした。これではまるで、仁希を案じているかのようだ。そんなつもりはないのに。

氏家も驚いたのか、目をみはった。

「どうしたんですか、先生。そんなに真剣になって」

「別に。訊いてみただけだ。いい」

今度は平静な声が出た。津賀はきびすを返し、キッチンスペースへ向かった。氏家が追いかけてくる。

「待ってくださいよぉ、先生。……長谷川先生のマンションです。あの先生が車の後部座席にニッキーを乗せて、駐車場へ入っていくのを見たんですよ」

「自宅へ連れ込んだって？　ホテルなんかじゃなく？」

脱いだジャケットを椅子の背に引っかけ、津賀は問い返した。

意外だった。見つけにくいラブホテルや、どこかの廃屋へでも仁希を連れ込んでいるだろうと思っていた。氏家が肩をすくめる。

「長谷川先生はホテルを使いませんよ。危ないからやめたんですって。ホテルへ入るところを誰かに見られたら、言い訳が利かないって言ってました。自宅ならなんとでも言い抜けられるって……」

いつか自分がからかったのが尾を引いて、長谷川はホテルを使うのをやめたらしい。

都合のいい廃屋がそうそう見つかるとは限らないし、ホテルは従業員の目がある。もし自分が取引に応じていれば、結局どこかで会わなければならなかったのだ。場所を自宅に設定してもおかしくはない。

津賀の沈黙を疑いと受け取ったのか、氏家が言いつのった。

「ほんとですってば。通りすがりに見ただけですけど、あのリンゴ飴《あめ》みたいな頭を見間違えたりしません。横顔も見えましした。長谷川先生の車に乗ってたのはニッキーでしたよ」

「何時頃だ？」

「えーと、一時間くらい前……いや、もうちょっとたってますね」

長谷川は家から自分に電話をかけてきたらしい。

今頃仁希は殴る蹴るの暴行を受け、ぼろぼろにされたあとだろうか。もしかすると、殴られるだけではすんでいないかもしれない。長谷川は仁希を自分の愛人だと誤解していたし、仁希の小生意気な態度には嗜虐心をそそるところがある。

（……あんな奴にくれてやるのは、気に入らないな）

決して、仁希を助けたいなどと思ってはいない。

ただ、一度は捨てた玩具であっても、他人がそれで面白そうに遊んでいるのを見ると、腹が立って取り返したくなる――これは、あまり褒められた話ではないものの、人間としてよくある感情の動きだと思う。

捨てた玩具を拾って遊んでいるのが、嫌いな相手ならなおさらだ。

まして自分はまだ、仁希を捨てたわけではない。いなくてもいいとは思ったが、積極的に捨ててはいない。——仁希は自分の玩具だ。長谷川などにやってたまるものか。

さっき脱いでダイニングチェアの背に引っかけたばかりのジャケットを、津賀は再び手に取った。

「氏家。長谷川のマンションへ行く。一緒に来い」

名簿を引っ張り出して住所を調べるより、案内してもらう方が早い。

「ええー？　どうして……浮気するような子、ほっときましょうよぉ。それより僕と……」

「協力する気がないならいい。自分で調べる」

書斎のパソコンには職員名簿が保存してあるから、それを見れば住所がわかる。

床に散らかった雑誌や食器をよけてＬＤＫを出ようとしたら、氏家が慌てた様子で追いすがってきた。

「待ってください。わかりました、一緒に行きます。行きますから。……もう。どうしてそんなにニッキーがいいのかなぁ」

「いい悪いの問題じゃない。浮気でもない。仁希は長谷川に無理矢理拉致《らち》されたんだ」

「拉致!?　なんですか、それ!?」

大声をあげたあと、氏家は荒れた室内を見回して手を打った。

「そうか、それでこんなに部屋がめちゃくちゃになってるんだ。でもなぜ拉致だってわかるんですか？　長谷川先生とニッキーに接点があるとは思えないですけど」

「車の中で説明する」

先に立って津賀は玄関へ向かった。氏家を助手席に乗せ、車を出す。

長谷川のマンションへ向かう途中で、簡単に事情を話した。長谷川が、留守に家へ忍び込み、部屋をひどく荒らしたあげくに、留守番をしていた仁希を連れ去ったこと。

途中から雨が降り出した。

ゆっくりと動くワイパーを眺めていた氏家が、話を聞き終えて呟く。

「……なぜ長谷川先生は、そんなことをしたんです？　教授の口利きのお見合いが控えてる時でしょ。うまくいけば大学の医局へ戻って主流派に乗っかれますよ？　そんな時に、どうしてニッキーを拉致るような荒っぽいことをしたのかなぁ」

「取引の材料に使うつもりだったらしい」

氏家は探るような視線を向けてきた。

「取引……津賀先生は面食いだったと思うんですけど。まさか宗旨替えして、長谷川先生まで食っちゃいました？」

「馬鹿。別件だ。物言いが偉そうで腹が立ったから、浮気現場を見たとほのめかしてやったら、泡を食っていた。勝手に写真があると思い込んで、家へ泥棒に入ったようだ」

そこまで説明する必要はなかったのだが、長谷川を食ったと誤解されるのは心外だ。聞いていた氏家は、声をたてて笑った。

「ほのめかした程度じゃなくて、チクチクいじめたんでしょう？　津賀先生、意地悪なんだから」

否定できない。

それより、今は仁希をどうやって取り込めないか？　あいつとも寝たんだろう？」

「氏家。長谷川のマンションに上がり込めないか？　あいつとも寝たんだろう？」

「えー、やだなぁ。僕は津賀先生一筋で……」

「嘘を言うな。無関係な奴が、長谷川は人目を恐れてホテルを使わないということまで、知っているものか」

氏家が舌を出した。

「えへへ……だって津賀先生が相手してくれないんですもん。だから十日ほど前に一度、誘ってみたんです。あの牛みたいな体つきでのHって、ちょっと興味が湧くじゃないですか。でも期待はずれだったなぁ。独りよがりだし、何よりも……」

「内容はどうでもいい。それより、そのあとの感触はどうだった。男には気が進まない雰囲気だったのか？」

「そうじゃないと思います。誘われたこともありますよ。適当な理由をつけて断っちゃいましたけど……あ、そこを右折。コンビニの向こうに見えてる、灰色のマンションです」

少し離れた路上に津賀は車を停め、外へ出た。雨が頭やスーツの肩を叩く。少し降り方が強まってきたようだ。人通りが少なくなれば、仁希を連れ出すのを見られることがなくなって、都合がいい。

追いかけてきた氏家が、マンションを指さして問いかけてきた。

「どうするつもりなんですか、先生？　あのマンション、オートロックですよ」

「そんなもの、扉の隙間に紙一枚を差し込んでセンサーを誤作動させれば……いや、それでも長谷川の部屋のドアが残っているな。妙な真似をすると、あとの言い訳が作りにくい」

考えながら津賀はマンションのエントランスホールに入った。

一方の壁に、各部屋の呼び出しボタンがついたインターホンがあった。

こういうオートロックつきのマンションに住んでいた経験があるので、見当がつく。居住者は部屋のモニターで訪問者が誰かを確認してから、ホールのドアを開けるようになっているはずだ。

「氏家。一人で長谷川に会いにきたように見せかけて、ここの扉と部屋の玄関を開けさせられないか？」

「できると思いますけど……」

「やってくれ。ドアを開けさせてくれれば、あとは自分でなんとかする」

氏家が軽く唇を突き出し、拗《す》ねた表情を作った。

「ただ働きですか？　それはないですよ、先生。あとで僕、きっと長谷川先生に恨まれますよ。なのに津賀先生ときたら、ニッキーのことばっか気遣って……妬《や》けちゃうな」

「妬くようなことじゃない。仁希とは単なる貸し借りの問題だ」

「そうかなぁ。先生が誰かのためにこんなふうに動くの、初めて見ました。この前だって僕のことはほったらかしだったのに。視姦プレイって結局は放置プレイですよぉ」

うじうじと文句を言われるのが面倒くさくなり、津賀は氏家の言葉を遮った。

「わかった。今度、お前が満足するまで抱いてやる」

「ほんとに!?」

現金に顔を輝かせたものの、そのあとなぜか氏家はほろ苦い表情になって笑った。

「そんな条件を出してまで、津賀先生が僕に頼み事をするなんて思いませんでした。ニッキーのために」

「……」

「まあ、いいですけど。約束、忘れないでくださいね」

そう言うと身をひるがえしてインターホンに歩み寄り、氏家は長谷川の部屋の番号を押した。モニターに自分の姿が映らないよう、津賀は少し離れた場所に下がった。

長谷川は部屋にいたらしい。氏家が呼びかけている。

「こんばんはぁ。東華薬品の氏家です」

「今頃……なんの用だ。明日、病院で会った時でいいだろう」

不機嫌な長谷川の声が、予想どおりの言葉を返してくる。

「冷たいなぁ、先生ってば……病院でもいいような用事で、夜にマンションまで来るわけないじゃないですか。もう。わかってるくせに」

津賀はカメラの死角に立って見守った。長谷川の部屋にあるモニターには、身をくねらせてしなを作る氏家だけが映っているはずだ。

「急に先生に会いたくなっちゃって。……ね、入れてくださいよぉ」

「……何を言ってるんだ。この前は断ったくせに」

芝居が面白くなってきたのか、情感たっぷりに氏家が粘った。

「だってぇ、あの時は……先生、もうすぐご結婚でしょ？　深入りして泣くのは僕だって思ったんです。でも一人で飲んでたら、すごく寂しくなってきちゃって」

「お前、酔っぱらってるのか」

「酔わなきゃこんなこと言えませんってば。……やっぱり忘れられないんです。ねぇ、長谷川先生。もう一度優しくしてくださいよぉ」

「う、うん、そうまで言うなら……あ。いや、しかし……今はちょっとまずいんだ。場所を変えないか？」

一度は軟化しかけたのに、思い直したように長谷川が渋った。

部屋に入れたがらないのは、仁希が中にいるからだろうか。津賀は手帳を出し『女を連れ込んでいるだろうと疑え。部屋に入れるまで粘れ』と走り書きして氏家に見せた。

こちらをすばやく盗み見た氏家が、演技を続ける。

「どうして？　先生らしくないですよぉ、おうちなら誰かに見られてもごまかせるって言ってたのに……あっ！　一人じゃないんですね!?　他の人を連れ込んでるでしょ！　女性ですか、結婚する相手の人!?　あぁ、やっぱり僕、あのまま諦めた方がよかったんだ……!!」

「バ、バカ。そんな大声を出すな！　他の住人に聞かれたらどうする！」

「迷惑だったんだ、僕が来たのって。……帰ります!!」

身をひるがえす氏家を見て、何を言い出すのかと驚いたが、インターホン越しに話していた長谷川はもっと慌てたらしい。

「待て、待てって！　そんなんじゃない。その、いるにはいるが……コソ泥に入ったガキを、つかまえてあるんだ。それだけだ。説教して放してやろうと思ったら、暴れたから、縛り上げて頭を冷やさせようと……氏家が勘繰るような相手とは違う」

「ほんとですか？　だったら、部屋へ入れてくれます？」

「……こんなヤツがいるところで会わなくてもいいだろう。ホテルにしよう。すぐエントランスホールへ下りるから、待っててくれ」

「怪しいなあ。やっぱり本当は、先生の恋人が隠れてるんでしょ」

「違う。本当にコソ泥なんだ。悪そうなガキで……俺が殴った痕が顔についてる。だから警察には届けてないんだ」

「ほんとに？　じゃ、その子を見せてくださいね？　でなきゃ僕、納得できません。長谷川先生、もてるし……ナースや検査部の女の子なんかが、いつも噂してるんですから。逞しくて男っぽくて素敵だって」

「……嘘をつけ。そんな話、今まで聞いたことがないぞ？」

「そりゃ、みんなで牽制《けんせい》し合ってるんですよ。抜け駆けしてフラれたら格好悪いって思ってるんじゃないですか？　とにかく……ねえ、入れてくださいよぉ」

「わかった。しょうがない。一度部屋へ上がってこい。な？」

「ほんとですね、長谷川先生。今から十五階へ行きますから。せっかく来たのに、もしチェーンをかけて僕のこと廊下へ立たせたままで、中へ入れてくれなかったりしたら……僕、ドアの前で、『長谷川先生のたらし、浮気者』って、大声で泣きますよ？」

「わかった、わかった。早く上がってこい」

長谷川がインターホンの通話を切った。オートロックのドアが開く。先に立ってホールへ入りエレベーターへ歩きながら、津賀は氏家を振り返ってねぎらった。

「お前にこういう才能があったとは思わなかった。感服したな」

「えへへ……スパイ映画やコンゲームの登場人物になったみたいで、わくわくしましたよ」

「どこまで本当なんだ、長谷川関連の話は？」

「ぜーんぶ、嘘です。すらすら出てくるから自分でもびっくりしちゃった。だけど長谷川先生、ちょっぴり可哀相ですね。僕が一人で来ると思って喜んでるんでしょうに」

「今から寝返るか？」

「やだなぁ。どっちを取るかって言われたら、もちろん津賀先生ですよぉ。約束、忘れないでくださいね？」

可哀相と言いながら、氏家はへらへら笑っている。ふと気がついて津賀は命じた。

「氏家。お前はここからタクシーか何か使って、先に帰れ」

「ええ？　だけど……」

「お前が手引きをしたと知ったら、長谷川が逆上するかもしれないぞ。あいつが暴れ出しても、かばってやる余裕はないからな」

「わ。痛いのはいやだなぁ。じゃ、お言葉に従って僕は帰ります。……無事に助け出せるといいですね。お先に失礼しまーす」

軽い調子で言って、氏家は身をひるがえした。そのまま外へ出ていく。

一人でエレベーターに乗り込んだ津賀は、氏家が素直に帰ってくれてよかったと思った。もし車のところで待つなどと言い出されたら、始末に困るところだった。

長谷川が逆上する可能性も、理由の一つだ。だが本当のわけは別にある。

（さっきの調子で氏家がへらへら笑ったら、あいつは舌を噛み切りかねない）

あいつ——すなわち、仁希だ。

長谷川の怒りをぶつけられて、ぼろぼろになっているだろう。その状態をかってレイプした氏家に見られるのは、仁希のプライドを深く傷つけるに違いない。

仁希が元気な時はいい。そうやっていじめてやるのも面白い。

だが今はだめだ。

(……どうしたんだ、俺は?)

仁希を気遣っているのだろうか。自分らしくもない。

しかしそもそも、氏家に協力を頼んでまで仁希を回収しにきたこと自体が、自分らしくない。なぜ、こんなことをしているのだろう。

(ただの退屈しのぎだ)

好意や愛情ではない。そんなことはありえない。自分は、そういう感情を持つ能力に欠けている——繰り返し己に言い聞かせて、津賀はそっと喉に触れた。

紐やベルトで絞めた場合と違って、人間の手で首を絞めて甲状軟骨が折れることは、めったにない。だが母は、それをやってのけた。中学生だった自分の甲状軟骨を折り、声帯に一生治らない傷を残した。

そして父が自分に刻み込んだものは、他者をいたぶることに快感を覚える悪癖だ。体の傷でこそないが、こちらも一生治らないだろう。

父の猫撫で声が、頭の中に響く。

『これはいけないことだから、お母さんにばれては駄目なんだ。でも悪いのはお父さんで、景一郎は悪くない。だから景一郎は、お父さんに罰を与えるんだよ。そうだ、いい子だ。もっとお父さんを罰しておくれ……!!』

喜悦に歪んだ父の声と表情の意味を、幼かった自分は知らなかった。わかるようになった時には、心身にその性癖がしみついていた。

そして父と自分が地下室でしていたことを見て、母は逆上した。我が子に夫を奪われたと思い込んだのだ。女にしては大柄だった母は、手も同じように大きく、頑丈だった。——喉に食い込んだ、指の感触。

(……やめろ。考えるな。思い出すな)

津賀は必死で自分に言い聞かせた。父も母もすでに亡い。自動車事故で世を去った。

エレベーターの速度がゆるむ感覚に、現実の感覚が戻ってくる。

ドアが開く。

古い記憶を振り払い、津賀は通路を歩いて長谷川の部屋へ向かった。

ドアスコープから見えない位置に立ち、インターホンを押した。氏家が釘《くぎ》を差しておいたのが利いたのだろう。鍵を開け、ドアチェーンを外す気配がした。

ドアが開く。

「つ、津賀!?　なぜお前がっ……!!」

愕然とした顔になった長谷川が、ドアを引き、力任せに閉めようとした。

開いたドアの隙間に津賀は革靴の足を突っ込んだ。

「夜分に失礼します、長谷川先生。うちの掃除夫を返してもらいに上がりました」

「な、何を言って……」

「ですから、うちの掃除夫を回収に」

「今更……足をどけろ！　このままドアを閉めたら折れるぞ、いいのか!?」

近所の耳をはばかってか、抑えた声で長谷川が脅してきた。苛立った口調に焦りがにじみ出ている。

「やってみますか？　折れたら歩けなくなるでしょうから、遠慮なくここへ救急車を呼ばせてもらいます。騒ぎになって困るのは長谷川先生の方じゃありませんか？」

「お、お前こそ……ホモだって噂になったら……」

「いっこうに構いません。外聞を気にするつもりはないので。今更大学へ戻って出世競争に加わるつもりもないし、仮に今の病院をクビになったところで、勤務医を探している病院はいくらでもあります」

「……」

「諦めてください。こういう時は、なくす物が多い立場の方が弱い」

「……くそっ。入れ！」

悔しげに顔を歪め、長谷川は舌打ちを漏らしてドアを開けた。

中へ体をすべり込ませながら、津賀は言った。

「申し訳ありません、氏家は私に弱みをつかまれていて、言うことをよく聞くんです。……ただし何も全面的に、長谷川先生に譲れというつもりはありませんよ。先生の写真はすでに処分しました」

写真を撮った、とは今まで一度も言っていない。しかし、さも証拠が存在するかのようににおわせて、何度もからかった。今日も、朝方仁希に余計なことを喋ってしまったという腹立ちから、職員食堂で顔を合わせた長谷川を執拗にいじめた。

実は写真などなかったというより、撮ってあったけれども処分したという方が、話が通りやすいだろう。そう思ってついた嘘だった。

長谷川が眉をひそめた。

「うさんくさい話だな……本当は、どこかに置いてあるんじゃないのか」

「ここへ持ってきたとしても、コピーを取っていないという保証はないでしょう。……信用していただく以外ありません」

「お前なんかを信用できるか！」

それはそうだろう。しかしここで自分が肯定しては、話が進まない。

「私の立場で考えてください。暴露されても構わないとは言いましたが、ノーダメージというわけではありません。私と先生は、お互いに弱みをつかんでいるわけです。ですから、今後のことを考えれば……」

玄関先に立ったまま、津賀は長谷川を説得した。自信はあった。

長谷川にホモだと言いふらされたところで、自分は少しばかり面倒で不快な思いをするだけだ。だが不倫を隠して教授に見合いの世話をしてもらった長谷川は、不快程度ではすまない。出世コースから転落する。下手をすれば僻地《へきち》の関連病院へ飛ばされる。

結局長谷川は、交渉を受け入れるしかないのだ。

(馬鹿な男だ……できもしない綱渡りを演じたあげく、落ちかけてもまだ綱にしがみついて。しかも、こんな簡単な取引での損得勘定さえできない)

ついつい蔑みが口調ににじみ出た。だが長谷川を軽侮している津賀は、特にそのことを気にしなかった。

長谷川が気分を害したところで、どうということはないと——何もできはしないと、たかをくくっていた。

5

仁希は、懸命に耳を澄ましていた。

最初に長谷川が叫んだ『津賀』という名だけは聞こえたものの、それ以降の話し声は低く、ほとんどこちらまで伝わってこない。

(マジにセンセか？　オレの聞き違いとか……いや、長谷川はマジで慌ててた。何を喋ってるんや、長々と……まさか、顔を出しただけで帰りましたとかいうオチと違うやろな)

津賀ならやりかねない。

じりじりする思いで待つうち、話がまとまったのか、足音がこちらへ近づいてきた。重い長谷川の足取りとは明らかに違う。仁希の心臓が大きく跳ねた。

ドアが開いた。長身のシルエットが立っていた。眼鏡のメタルフレームが、明かりを反射して銀色に光った。

「セン……」

「馬鹿」

冷ややかなかすれ声は、やたらに不機嫌そうだった。

「さっさと立て。時間を取らせるな」

そう言われても、両手を縛られているうえ、殴られ蹴られ踏まれて全身が痛む。上体を起こそうともがきながら、問いかけた。

「なんでや……なんで、来たんや？　助ける気ィないて電話で言うてたやん……！」

「馬鹿。誰が助けにくるか。回収に来ただけだ。まだゲームの途中だぞ」

そう言って津賀は部屋の中へ入ってきた。

「終わらせる権限をやった覚えはない。勝手にリタイアする気なら、それ相応のペナルティを覚悟しておけ」

ベッド際のサイドテーブルにあったペン立てから鋏を取り、上体を起こした仁希の後ろへ回って、手首を縛っていた紐を切った。仁希はとりあえず座ったままで手足の関節を動かしてみた。痛みは強いが、どうやら動く。寝転がっている間に多少体力が回復したらしい。

「あいたぁ……マジ、痛い」

開けっぱなしの戸口からはＬＤＫが見えた。

長谷川は寝室の様子を見ようともせず、キッチンスペースに立ち、ウイスキーをボトルから直飲みしている。玄関先でどういう会話が交わされたのかはわからないが、津賀のことだから、肺腑《はいふ》をえぐるような言葉を投げつけたのかもしれない。とはいえ、長谷川が自分に何をしたかを考えると、同情する気にはなれない。

「早く来い。帰るぞ」

「うっさい。こっちは怪我人なんや。ちょっとは気ィ遣え。……いててっ」

立ち上がり、片手を壁について歩き出して、ふと気がついた。

自分の下着とソックスが床に落ちている。長谷川がデニムだけをはかせたからだ。残していくのはいやなので、拾い上げて丸め、パーカのポケットに突っ込んだ。

（あ。そういうたら、ケータイ……どこや？）

長谷川が津賀に電話をするのに使い、そのあと、放り出していた。どこにあるのだろう。

先に立って寝室を出ようとしていた津賀が、こちらに向き直った。

「何をしている、愚図」

「ちょっと待ってや。オレのケータイが……あ。あった」

ベッドの上に落ちていた。よろめく足で戻り、携帯電話を拾った。

（ちっ。先に気ィついたらよかった。そしたら余分に歩かんですんだのに……忘れて帰るよりはマシやけど）

再び戸口へとって返そうと、回れ右をして――仁希はハッとした。

津賀は寝室の戸口近くに立ち、仁希の方を見ていた。

ドアの外のＬＤＫには、長谷川がいる。しかしさっき見た時は、キッチンスペースでやけ酒を呷っていたはずだ。

それが今、ウイスキーボトルの代わりに調理鋏を手にして、寝室の方へ近づいてくる。飲んでいるうちに、だんだんと怒りがこみ上げてきたのかもしれない。逆上して自分の首を絞めた時と、同じ目つきになっている。視線の先にあるのは、津賀の背中だ。

鋏を両手で構えるのが見えた。

(あかん……!!)

鋏の先は包丁やナイフほど鋭利ではない。だが巨体の長谷川が渾身《こんしん》の力を込めて、体ごとぶつけるように刺したなら、間違いなく内臓まで突き通るだろう。

「……センセ、どけっ!」

どこにそんな力が残っていたのか、自分でもわからない。だが勝手に体が動いていた。

仁希は床を蹴ってダッシュした。

津賀をドアの陰になる方向へ突き飛ばそうとしたが、これは飛びのいてかわされた。かわされてもいい、かわされた方がいい。

そのままの勢いで突進して戸口から飛び出し、仁希は体勢を低めて、長谷川の腰にタックルをかけた。

「……うおっ!?」

酔い濁った長谷川の目には、津賀しか入っていなかったのに違いない。

完全に不意を突かれた様子で、仁希ともども後ろへ倒れ込んだ。手から離れた鋏が宙を飛び、床に落ちて鈍い音をたてた。

跳ね起きたのは、仁希の方が早かった。

「この、クソボケがぁ！」

津賀を殺そうとしたこと——そして自分がされたことの礼をしてやる、という気持ちがパワーになったのかもしれない。

身を起こそうとする長谷川の上に馬乗りになり、顔を力一杯殴りつけた。左右のこめかみを連打する。最低でも二十発は殴らなければ、気がすまない。

だが四発殴ったところで、津賀に後ろから肩を押さえて止められた。

「そのへんにしておけ」

「ほっとけ！　オレがこいつに、どんだけ殴られた思てんねん!!」

「仕事を増やすな」

「こんなヤツの手当をしたる気か!?」

「長谷川じゃない。お前だ。……素手で顔を殴ると、手を骨折しやすいんだ」

そういう理由で止めたというのなら、まだ納得できる。仁希は渋々、長谷川の上からどいた。考えてみれば、長居したいような場所でもない。

呻いて体を起こそうとする長谷川に、津賀が言葉を投げた。

「これ以上、妙な気を起こさないでください、先生。悪酔いしたとでも思って、綺麗に忘れ

ることをお勧めします」

　肩を軽く押されて仁希は玄関へ向かった。自分のスニーカーはなかった。長谷川が自分を拉致する際、わざわざ靴まではかせはしなかったのだろう。やむなく、裸足《はだし》のままで通路へ出た。吹き込んだ雨で濡れた通路が足の裏に気持ち悪いが、仕方がない。

　ドアを閉める津賀を見やり、呟いた。

「センセの丁寧語て、改めて聞いたらムチャクチャ嫌みったらしいな」

「だからわざと使っている。それよりさっきのは、長谷川が鋏を持っていたのに気づいたからか？　だったら一応、礼を言っておく」

「……一応かぃ」

「酔っぱらいの攻撃ぐらい、自分でよけた。それにしても、ふらふらだったくせによくあんなスピードでタックルをかけられたものだ」

「当たり前や。このぐらいはせんと、オレ、ええとこなしやないか」

　眼鏡の奥の瞳を軽く見開いて、津賀が仁希の顔に視線を当てた。それから、右の口角を軽く引き上げた。笑ったらしい。

「いい根性だ」

「へっ。曲がった根性の持ち主に褒められても、嬉しないわ」

　減らず口を叩いてはみたものの、雨に濡れた床で、足がすべった。普段ならよろめくだけですむところが、持ちこたえられずに尻餅をついてしまう。

「てっ……」

「なんだ、ただの強がりか」

溜息混じりに言って仁希を引き起こした津賀は、そのまま腕を自分の肩に回させて、エレベーターホールへと歩き出した。

「こ、こら！　何するんや、誰も支えてくれなんて頼んでへん！」

「一人で歩けるなら、頼まれても手を貸したりはしない。よろけて転んで、もたついている馬鹿につき合う時間がもったいないいんだ」

「馬鹿て言うな！　一番むかつくんやぞ、それは!!」

「わめくな、うるさい。こんなところでぐずぐずしていたいわけじゃないだろう。さっさと帰って風呂へ……」

津賀が途中で言葉を切った。仁希は仁希で動揺し、問い返さずにはいられなかった。

「な、なんで風呂とか言うねん……オレは、何も……」

「馬鹿が。いちいちそんなところで反応するな。こっちも失言だと思ったんだ。だから黙ったのに。……長谷川に犯られた以外、お前が下着を脱いでいた理由がない。においがこもっていたしな」

「……好きで犯らせたわけとちゃう」

むすっとして答えた仁希に対し、津賀が視線を合わせずに呟いた。

「わかっている。……恨み言があるなら言え」

「なんでや」

「最初から交渉に応じていれば、長谷川はもう少しましな扱いをしただろう」

返事に詰まった。自分を気遣うなど津賀らしくない。

第一、長谷川に負けたのは自分が弱かったからだ。それなのにいたわるようなことを言われたら、どうしていいかわからなくなる。

「ア……アホ言うな。オレがミスってつかまっただけや。オレは、自分が弱かったから起こったことを、他人の責任にするほどヘタレてない。……んな、キャラに合わんこと言うなや。責任感じるみたいなこと……」

「責任を感じるとは言っていない。恨み言を聞くだけだ。それ以上は何もしない」

「なんや、それは！」

津賀らしい言い草に、仁希はわめいた。

だが、どうしたのだろう。津賀に密着している右半身が、急にほてり始めた気がする。

（さっきから、どうしたんや。俺の手の骨が折れるから言うて止めたり、一応でも礼を言うたり、聞くだけにしたって『恨み言があるなら言え』って……まるで、オレのこと気遣ってるみたいやないか。そんなん、センセのキャラに合わへんやろ。おかしいぞ）

それにしても――津賀もおかしいが、自分もおかしくはないだろうか。

長谷川に押さえ込まれた時も、ずっと以前、桑山に触られた時も、気持ち悪くて仕方がなかった。

だが津賀に対しては、最初から普通に触らせていたような気がする。そう、病院で腕の傷を手当してもらった時から。ただ、こっちが痛がっているのを無視して傷口をごしごし洗うから、腹を立てた。あのあとも、力ずくで犯すようなやり方でなかったら、もう少し納得できたのかも――。

（……待て、オレ！　正気に戻れ！　こんなヤツ、サイテーやて知ってるはずやないか。レイパーでド変態で、根性曲がってて、人を見下してて……）

マンションの外へ出ると、見慣れたダークグレーのＢＭＷが停めてあった。津賀は仁希を後部座席のドアの前へと導いた。

「眠れそうなら寝て体を休めろ。着いたら起こしてやる」

「異様に親切やな。キャラに合うてないで。何を考えてるんや?」

シートにもたれかかり、仁希は運転席へと回った津賀に問いかけた。冗談めかした口調で喋れたことに、ほっとした。もし真剣な声で尋ねたりしてしまったら、このあとどんな顔をすればいいのかわからない。

ルームミラーを使えば目を合わせることができるのに、津賀はそうしなかった。ハンドルを切って、車を空き地から道路へ出しながら、一言口にしただけだ。

「いいから寝ていろ」

「おいおい。気色悪い、て。まさか本気でオレの心配してるんと違うやろ。だいたい、なんで助けにきたんや。電話では、ほっとくって返事してたやないか」

「気が変わった。……が、……なんだ。お前がいないと」

何か呟いた津賀の声は、吹き上がったエンジンの音に消されて聞き取れなかった。――ここが肝心なところだというのに。

(おい、ちゃんと言えや！　何が何やって？　『お前がいないと』どうなんや!?　いや、その、別にオレは……なんとも思てないし。ていうか、こんなヤツ嫌いやし。女役なんかやる気ないし。けど……そやけど……)

心臓が普段の倍ほどの音をたてて拍動している。

(そやけど、聞くだけは聞いといた方が……聞くだけやぞ。聞くだけ。オレはセンセなんか好きやないんやから。それでも、わざわざ助けにきた……来てくれたんやし……)

仁希は体を起こして前のシートに手をかけた。

「聞こえへん。もっと音の静かな車にせェ。今、なんて言うたんや」

「家の中がぐちゃぐちゃだから、お前がいないと片づかないと言ったんだ」

「……は？」

津賀は前方に視線を据えたまま、補足した。

「お前と長谷川が暴れたせいだぞ。ガラスが割れて床の上が破片だらけだし、家具は倒れているし……連れ去られる前に、せめて最低限の片づけをしていけ」

「無茶言うな、アホ！」

仁希は叫んだ。

「どこの世界に、拉致られる前に『ちょっと待って』て言うて掃除するヤツがおるんや‼」

「だからわざわざ拾いにきてやったんだ。まずリビングをなんとかしろ。ガラスの破片のせいで、スリッパをはいていても怪我をしそうだ」

後ろから首を絞めてやろうかと思った。

最低な男だ。こちらに妙な期待をさせておいて――いや、違う。していない。期待などはこれっぽっちもしていない。自分は津賀のことをなんとも思っていないのだから、向こうが自分にどんな感情を持っていようが、どうでもいい。

しかしそれにしても津賀の言い草は身勝手すぎる。

「犯人は長谷川やぞ、オレは巻き添え食うただけや！　掃除はあいつにさせェ！」

「あんな奴を家に入れたくはない。お前がするんだ。いやなら車を停める。今すぐ降りてどこへでも行くんだな。あの家に戻るつもりなら、掃除はお前の仕事だ。……すぐやれとは言わない、今夜はゆっくり休め。明日でいい」

気を遣っているのかいないのか、さっぱりわからない。

(くそったれ、こんなん言われてまで帰りたないわ。もうええ、今すぐ車を降りて……ああああぁ！　あかん！　ビデオが‼)

仁希は頭を抱えた。

最初からの問題が残っている。自分のレイプシーンを撮影したビデオのメモリーカードを、まだ見つけていない。

長谷川のマンションで津賀は、『勝手にゲームを下りるならペナルティを課す』とか言っていた。そして自分は以前、馬鹿正直に教えてしまった。画像をネットに流されるのを、自分が何よりいやがっていることを。

(ペナルティて、まさかそれと違うやろ。センセにそういう、顔の見えへん他人の手を借りるやり口は、似合わん気ィするんやけど……いや、わからん。『人のいやがる顔を見るのが楽しい』とか言うてたし。ひょっとしてひょっとしたら、やるかもしれへん)

防ぐには、カードを奪取するしかない。

(見つかるんか？　今まで捜して、どこにもなかったんやぞ。外へ持ち出してないていう言葉かて、信用できるかどうか……)

仁希は唇を噛んだ。

いっそ、考え方を変えた方がいいだろうか。

（あの岩石デブのやり方は、悪くはなかったんや。人選を間違えただけで）

長谷川が失敗したのは、仁希が津賀にとって重要な存在だと勘違いしたせいだ。津賀が大事にしているものを確保し、引き替えにメモリーカードを渡せと交渉すれば――。

（……あかん。センセが大事にしてるモンって、何もないやんか）

仁希を居候させた時、『盗られて困る物は置いていない』とうそぶいていたくらいだ。数日間同居したが、その言葉に嘘はないと思う。津賀が何かに執着する様子を見せたことは、一度もない。『これがどうなってもいいのか』と脅せるようなものは、何もない。

（あかんか。諦めるか？　いいや……なかったら、作ったらええんや）

長谷川のやり方は拙劣だった、それは確かだ。けれどもいいポイントを突いていた。自分ならもっと、うまくやってやる。

（目には目を、やな。……待っとけよ。あの時のオレ以上に、情けない目に遭わせたる）

仁希は斜め後ろから見える津賀の顔に目をやった。気配を感じたのか、津賀がルームミラーを使って仁希と視線を合わせる。

「どうした？　降りたいか」

「無茶言うな、雨降ってるんやぞ。靴もないし。……そやけど掃除は明日にする。今日は無理や。しんどい。家に着いたら、風呂入ってメシ食うて、もうコテッと寝る」

「それもいいだろう。あとで骨折がないかどうかだけは診《み》てやる。本当は、打撲や骨折は整形外科の守備範囲なんだが。……戻って長谷川に診てもらうか？」

「要らんわ！」

どなったら、面白がるような笑い声が返ってきた。

シートの隙間から見える津賀の背中に向かい、仁希は中指を立てた。心の中では、危険な復讐計画をせっせと組み立てている。

（えーと。確か救急箱に、睡眠薬が入ってたはずや……）


その日の真夜中——仁希は足音を忍ばせて、津賀の寝室の前に立った。

そっとドアを開けて、中を覗く。

床には書類や文房具類、小物が散らかっている。片づけようというつもりは最初から津賀にはないらしい。端へ寄せて、ベッドとドアを結ぶ線上を空けてあるだけだった。

豆電球の明かりに照らされて、セミダブルのベッドが大人一人分の大きさに盛り上がっているのが見えた。横向きの姿勢で津賀が眠っている。ドアを開けても目を覚ます様子はない。

（よっしゃ。薬、効いてんな）

津賀は寝る前にビールを飲む。タイミングを見計らってキッチンに行き、自分のためにカップラーメンを用意するふりで、『ついでやから持っていったるわ』と申し出た。もちろん、グラスに注いだビールの中には、睡眠薬を二錠ばかり溶かし込んだ。あまり多量に入れて死なれても困る。袋には『一回一錠服用』と書いてあったから、倍量を溶かせば充分だろう。

（寝てる間に縛り上げて、恥ずかしい写真撮ったる。これで五分と五分や）

まだ体の節々が痛むが、津賀は『打ち身と肉離れ、軽い捻挫《ねんざ》だけで、骨折はなさそうだ』と言っていた。テーピングと湿布でかなり痛みは引いたし、津賀は眠っているのだから、大丈夫のはずだ。

静かに布団をめくろうとした。

その瞬間、布団をはねのけて伸びた手が、仁希の手首を鷲づかみにした。

「いてっ……‼」

「詰めが甘い。薬物入りの飲み物を勧めたら、相手が飲み干すところまで確認しろ。だいたいそんなに湿布のにおいをさせていたのでは、眠っていても目が覚める」

目を覚ましていたことがよくわかる明瞭《めいりょう》な口調で言い、津賀が仁希の体を引き倒した。

「うわ⁉　ちょっと待っ……おいっ⁉　な、何するんや！」

必死で暴れた。だが肘の一点を強く押さえられ、腕に電流が走った。あっけなく抵抗を封じられ、ベッドに転がされ、両腕を頭上に引き上げられて、一まとめにつかまれてしまう。

拘束のためにと仁希が用意してきた絆創膏に手を伸ばし、津賀が笑った。

「ビールに睡眠薬を入れただろう」

「な、なんで、わかった!？」

「自分でやって飲んだことがあるからに決まっている。いくつ入れた？」

「二つ……」

「味は変わるが、その程度では気づかずに飲み干したとしても効きは悪い。私は一回に三錠使うんだ」

「医者が何してるんや！　袋には一回一錠て書いてあったぞ、『薬は用法用量を守って正しく飲みましょう』て、テレビでも言うてるやないか！」

「いわゆる『医者の不養生』だ、気にするな。……お前の方から夜這いをかけてくるとは思わなかった。誘われた以上、それなりのもてなしをするのが礼儀だろうな」

「違う、夜這いと違うっ！　オレはただ、脅迫のネタを作るつもりで……ま、待て！　脱がすなーっ!!」

　まずい。また、犯られる。

　仁希は必死で足をばたつかせて抵抗した。

「やめェ言うねん！　オレは今日、あの岩石デブにリンチされたばっかりなんやぞ！」

「それがどうした？」

「ど……どうしたとちゃう！　弱ってるんや！　いたわれ、アホーッ!!」

「何もしなければ、今夜はゆっくり休ませてやるつもりだった。ちょっかいをかけてきたのはお前の方だ」

津賀は仁希の両手首を頭上に引っ張り、絆創膏で一まとめに拘束した。そのまま絆創膏の端を、ベッドヘッドの飾り枠に巻きつけ、固定する。

両手の自由を奪われ、膝の上にまたがられて体重で押さえ込まれては、もうどうしようもない。イージーパンツとボクサーショーツを引き下ろされた。長袖Tシャツも、脇の高さまでめくり上げられた。

「つっ……」

布地が右の乳首に擦れて、呻き声がこぼれた。

長谷川に思いきり歯を立てられ、噛みちぎられるかと思った場所だ。Tシャツが当たっただけでも、じんとした痛みが走った。

「どうした？　こっちだけ赤くなっているぞ。よほど丹念に触られて開発されたか？」

「アホ！　思いきり噛まれたんや、触るな!!　まだ痛い……ひぁっ！」

開発という言い方にむかついてどなり返したら、いきなり舐められた。不意打ちにこぼれた声は、情けないほど頼りない。

「やめェ！　触るなて言うてんのに……!!」

「触ってはいない。日本語は正確に使え」

「くぅ、んっ！　屁理屈《へりくつ》言うなっ！　てか、舐めんなって……ん、ふぅっ……」

布地が擦れても痛むということは、それだけ敏感になっているといえるのかもしれない。唾液を塗りつけるように舌を動かされると、甘い電流が脳まで突き抜ける。

喘ぎ声がこぼれるのを、どうしようもなかった。

「もう硬くなってきたぞ。本当は長谷川に遊んでもらって、感度が上がったんじゃないのか？」

「ちゃうわっ！　あいつのやり方はなァ、感じるもヘッタクレもなかったんや！　って、べ、別に、今感じてるっていう意味とは、違うからなっ‼」

「本物の馬鹿か、お前は。そんなわかりやすい反語強調を使うくらいなら、『長谷川のやり方では感じなかったから、満足するまでよがらせてください』と正直に言え」

津賀が喋っている間は、舌は乳首から離れている。けれど吐息がかかってくすぐったい。一度離してから再び舐められ、甘噛みされると、余計に刺激が強い。

仁希は身をよじってもがいた。

「違うっ！　図に乗んな、ボケ！　アホ、やめェ、もう触んなって……んんぅっ！」

「触るというのは、こういうのをいうんだ」

「コ、コラ‼　そっちまで……あ、ぁっ！　くっ……」

体の中心を握りしめられた。乳首を舌で嬲られて、体の芯が熱を帯び始めていたところだ。しごかれてはどうしようもない。意志とは無関係に、硬く昂ぶり始めた。

「んっ……もぅ、や、め……!!」

「勃たせておいて、よく言う。そんなにやめろと言うなら、この状態で、ここの根元を縛り上げて放置してやってもいいんだぞ。……縛る道具は、お前が持ってきた絆創膏を使う。テーピング用で粘着力が強いから、剝がす時が楽しみだ」

「お……鬼か、お前はっ！」

手足はともかく、股間の薄くて敏感な皮膚にそんなことをされたらどうなるか、考えただけで鳥肌が立つ。

「なんとでも言え」

しごくのをやめずに津賀は薄く笑い、もう片方の手を仁希の口元へ突きつけた。

「舐めるか、嚙むか。好きにしろ。あとの結果はわかっているはずだ」

わかっている。なんのための準備なのかも、理解していた。

「……覚えとけよ。いつか倍返ししたるからな」

悔しまぎれの台詞を投げつけ、仁希は舌を出して津賀の指を舐めた。頭を上げ、口の中に三本の指をすっぽりと含んで、丹念に唾液を塗りつける。

「いつか……か。期待しないで待っていよう」

そう言って仁希の口から指を抜き、体の上からどいて、片脚を深く曲げさせた。すぼまりに、ぬめりが触れた。自分の唾液で濡れた津賀の指だ。

「ん、くうっ……!!」

仁希は体を反り返らせて喘いだ。指が入ってくる。まずは一本だけが侵入し、肉襞をほぐすように中でうごめく。どこをどうすればいいか知りつくしているかのような、危なげのない動き方だった。

(畜生……やっぱし、うまい)

二本目、三本目。指が増えた。

「あっ、う……んんっ……はぁっ……」

「噛まなかったな。少しは賢くなったらしい。……丁寧に舐めた褒美だ」

「……ふぁっ!?」

津賀が体を起こした。抱えていた仁希の右足の、土踏まずを軽く舐め上げる。

濡れた舌が指先へ向かって、つうっと動いた。指の間に舌を差し込まれ、仁希は悲鳴をあげて身をよじった。

「や、やめェ、くすぐったいっ! ぁ、ひっ、あ、ぁっ……!!」

手の指より足の指の方が感じやすいのだろうか。それとも舌使いのテクニックの差か。自分が津賀の手を舐めても、まったく反応を引き出すことはできなかったのに、今こうして足指の股を舌でこすられると、背筋を電流が駆け上がるようだ。

足の裏や腿の内側が痙攣し、後孔がひくひくと震える。

打撲傷を負った体を押さえ込まれる痛みよりも、津賀の指と舌がもたらす快感は、はるかに強かった。

「くそっ……なんで、こういう……余計なことをしたがるっ……!!」

喘ぎの合間に、必死で問いかけを絞り出した。質問の意図がつかめなかったのか、津賀が瞳で尋ね返してくる。

「普通は、突っ込むだけやろっ……なんで、いちいち……んっ……オ、オレを、感じさせてまでっ……ん、うぅっ!」

「そういう意味か」

津賀の頬を苦笑に似た翳が走った。

「反抗的だから、屈服させたくなるんだ。……悪い癖なのは、わかっている」

「わ、わかってたら直せ! あぁっ……ひ、ぁうっ……」

「無理だ。どうにもできない。……体にしみついた癖の方が、心より強い」

どういうことだろう。意味がつかめない。

ただ、瞳の奥によどんだ色が仁希の心に残った。朝、自分に向かって『お前は殺さないのか』と問いかけてきた声に混じっていたのと同じ、虚無感が漂っている。

(……なんで、そんな眼をするんや……?)

だが、深く考えることはできなかった。

指が引き抜かれた。次に来るものを予感して、後孔が熱く疼く。その中心へ、硬い怒張が触れた。

「あぁ、あ……‼」

侵入された。

狭い肉孔を押し広げられる圧迫感は、長谷川の時とは比較にならない。

きつい。痛い。苦しい。肉洞が、津賀の形に合わせて押し広げられるのがわかる。

「ああっ！　いや、や、ぁ……きつ、い……あっ、あ、あ……‼」

侵入の一方で、津賀は指で仁希を弄ぶのもやめない。

裏筋を軽く引《ひ》っ掻《か》くようにして嬲られ、苦痛と縒《よ》り合わせの快感が脳天まで突き抜けた。

涙があふれ出たのは、痛みのせいではない。

「あ……あかん、そこっ……んっ、く……ぁ、はぁっ！」

逞しい灼熱が、仁希の一番感じる場所を、えぐるように責めてくる。甘い衝撃が何度も何度も、仁希の体を震わせた。

体の内側が熱い。熱くてたまらない。

溶ける――いや、焼けただれていくのだろうか。引きつって疼いているのに、体の内側は倒錯した快感を脳へ伝えてくる。

「そこ、やめ……あぁ、うっ……もう、あかんって……あっ、あ、あ、ぁ……‼」

「お前からちょっかいをかけてきたとはいえ、怪我人だ。今夜は早めに終わらせてやる」

耳孔《じこう》に、津賀のかすれた声が吐息とともに吹き込まれた。

返事をする余裕はなかった。

砂が波に洗われるように意識が侵食されていく。気持ちよすぎて、何も考えられなくなる。まともな言葉が出てこない。

「あぁっ！　くっ……あうぅ!!」

津賀の手はいつのまにか仁希自身から離れていた。それでも互いの体の間でこすられる、その刺激だけで、よがり狂わずにはいられない。先端からこぼれる先走りの濡れた感触が、心地よさを増幅した。

後孔からの快感は、それに勝るとも劣らない。無理矢理に中を広げられて苦しいのに——苦しいはずなのに、敏感な場所をえぐられるたび、体を電流が走る。

深々と奥まで突き立てられて、背中が反りかえる。

縛られた手は、どこにすがりつくこともできない。ただ自分の掌へ爪を食い込ませるばかりだ。

視界がぼやけているのは涙のせいか、それとも意識がとろけているからだろうか。耳に聞こえるのは、濡れた肉のぶつかり合う淫《みだ》らな音と、二人分の、けれど一つに溶け合ったような息遣い、そして自分のよがり声だけだ。

もう、何もわからない。

津賀の律動に合わせて、自分から腰を使っていることにも気づかなかった。仁希は夢中で喘ぎながら、熱い液体を注ぎ込まれる瞬間を待った。


目を覚ました時には、寝室に津賀の姿はなかった。いつもの調子でシャワーを浴びにいったのだろう。例によって自分は、気を失うまで責められたようだ。

（くそったれ……どうせやったら絆創膏を全部外していけ）

剝がすのが面倒くさかったのか、鋏で要所要所を切って腕を自由にしてあるだけだ。絆創膏自体はべったりと両手首の皮膚に貼りついている。

「いで、いでで……くそっ、ここへ持ってくんの、ロープにしといたらよかった」

文句を言いながら剝がしたあと、ティッシュで体を拭い、脱がされた服を身につけて一階へ下りた。自分もシャワーを浴びたいし、喉が渇ききっている。

今更だが体の節々が痛む。自業自得なので誰にも文句は言えない。

（くそ、あんなことするんやなかった……酒でも飲まな、やってられへん）

ＬＤＫの中でもリビングスペースはめちゃくちゃに荒れているが、キッチン周辺は比較的ましだ。立ったまま、缶ビールを二本立て続けに空けたら、人心地がついた。

（くっそぉ、また負けた……）

一服盛って眠らせて、恥ずかしい写真を撮るつもりが、あっさり逆転され、縛られて脱がされて犯されて、よがりまくったのだから、どう考えても自分の負けだ。

どうすれば津賀に勝てるのだろう。

「あーあ。マジ、たちの悪いオッサンや。クスリも通じへんし、あとはスタンガンくらいしか……そうや、あの時のスタンガン、どこに隠してあるんやろ？」

ぼやいて、なんの気もなくあたりを見回した。

「ん？」

リビングテーブルに携帯電話が載っている。シンプルな革のストラップをつけただけの黒い携帯は、津賀のものだ。今までもよくこんなふうに、リビングテーブルや、玄関先に置き忘れていた。

（またや。この調子で鍵なんかも置き忘れて、合鍵を作られてんのやろな。盗られて困るモンはないいて、言うてたけど……）

本当に津賀には、大事なものは何もないのだろうか。

自分を見捨てると言っていた津賀が、長谷川のマンションへ現れた時には、意表を突かれた。津賀らしくもない、気遣う言葉をかけられて、当惑した。かすかな期待に似たものさえ覚えた。けれどそれは家の掃除のためだったと言われ、激しくむかついた。いやなら出ていけとまで言われてしまった。

(誰にでもそうなんか。家に訪ねてきた男とか、別れた奥さんとか、ウジウジのことも、どうでもええような口振りやったし……オレも、その一人か?)

奇妙な痛みが胸を刺す。

いつもなら、絶対に他人の携帯電話を覗いたりはしない。だが今は、プライバシーの侵害という言葉さえ浮かばなかった。勝手に手が伸びて、携帯をつかんでいた。

(誰とでも、同じような調子でつき合うてんのか、センセは……?)

メールを見てみた。この電話は仕事関連のものらしい。ほとんどが『診療報酬算定の件』とか『病理検査部からの緊急報告』『休日診療の連絡』などという堅いタイトルだ。

その中で、氏家からの新着メールが目を引いた。『成功しました?』という軽い件名が、ことさら目立つ。まだ未開封だ。

(なんのことや? うわ、ウジウジのヤツ、なんちゅう読みにくいメールを……)

絵文字顔文字ギャル文字が乱舞していて、文章を拾い上げるのに苦労する。

『うまくニッキーを救出できましたか? 僕も協力したのに、どうなったかぐらいメールしてくださいよ。津賀先生のI・JI・WA・RU
結果を教えるのは忘れてもいいけど、約束は覚えててくださいね?

先生が抱いてくれるっていうから、長谷川先生の居場所を教えて、お芝居までしたんですよ。先生が忘れたら、泣いちゃう（うるうるうるっ）。明日の夜は本社で研究会があるので、デート（きゃっ）は明後日《あさって》でどうですか？　この前みたいな視姦プレイもいいけど、やっぱり先生に直接イジメてほしい……ねえ、僕ってH？

そうだ、いいこと思いついた。ニッキーも混ぜて3Pしませんか？　刺激的な夜の予感』

文はまだ続いていたが、気力がなくなり、仁希はメールを読むのをやめた。

（アホか、あいつ……よぉこんな、眩暈《めまい》するような文章打てるな。だいたいニッキーて誰やねん。勝手に呼び名を作るな）

だがこの内容はどういう意味だろう。

津賀は、抱くことを条件にして氏家の協力を取りつけ、自分を長谷川から助け出した――そんなふうに読める。

（なんでや。オレのこと見捨てるて言うたくせに。なんのために、そんなこと……）

ぼんやりしていたら、廊下の方から足音が聞こえた。振り返ると津賀だった。

「なんだ、起きたのか。……立つこともできないようならベッドを譲ってやろうかと思っていたが、怪我人のくせに元気だな。こんなことなら、掃除をさせるんだった」

嫌味な言葉に対しても、今の仁希には言い返す余裕がない。

携帯電話を示して問いかけた。

「センセ……ウジウジから、メール来てる。どういうことなんや、これ……」

「！」

津賀が眉根を寄せた。大股に歩いてきたかと思うと、携帯電話を引ったくった。

「勝手に見るな」

「盗られて困るモンはないて言うたやろ」

「盗りもしないくせに、中途半端に覗くな」

いつもなら冷笑や嘲笑など、仁希を馬鹿にする笑みを浮かべるのに、今の津賀の顔にはただ、不機嫌だけがにじんでいた。まるで知られたくないことを知られたかのように。

「センセ、あいつに頼んで協力させて、オレを助けたんやな。なんでや」

「……掃除だ」

「え？」

「車の中で言っただろう。家の掃除をする人間が必要だった、ただそれだけだ。お前を助けたわけじゃない。救出じゃなくて回収だ。思い上がるな」

相変わらず偉そうな言い草だ。ムッとした仁希は、気になる点を遠慮なく言い立てた。

「思い上がってるわけとちゃう。そっちがキャラに合わんことをするからやないか。……今朝、なんて言うた。ウジウジとヤるのはいややて言うてたやろ。それがなんで、拘いたる約束をしてまで、協力を取りつけたんや」

津賀のこめかみがぴくっと動いた。不機嫌になっている証拠だとはわかっていたが、ここまで口に出した以上、今更やめても仕方がない。

仁希はもう一度尋ねた。

「なんでわざわざ、オレを回収に来た?」

しばらく黙っていたあと、津賀はぽつりと呟いた。

「確かに、らしくないことをしてしまったな」

仁希は当惑した。

津賀の顔には、今まで見たこともない表情が浮かんでいた。後悔と苦渋と自嘲を混ぜ合わせたような、とでも言えばいいのだろうか。

「センセ、あの……」

呼びかけてはみたものの、何を言っていいのかわからない。

仁希が言葉を継ぐ前に、津賀はくるりと背を向け、LDKを出ていった。階段の方へ行ったようだから、寝室へ引き取る気かと思っていたら、階段下の収納を開ける音が聞こえた。

やがて戻ってきた津賀は、手に薄くて小さな黒っぽい物を持っている。

「受け取れ」

仁希に向かって投げた。胸の前で受け止め、その手を開いてみて、仁希は驚いた。

デジタルビデオカメラ用の、メモリーカードだ。

「こ、これっ……!?」

「お前が捜していた物だ」

なぜいきなり津賀がこのカードを持ち出してきたのか、そして自分に渡すのか。疑問がぐるぐる頭の中を回ったが、それ以上にショックが大きかった。

階段下の収納庫は、すでに捜索ずみだったはずだ。

「どこへ隠してあったんや!」

「階段の下だ。お前が盗みに入った日の翌日、夕方までは、車の中にあった。しかしそれでは不公平だと思った。キーを渡していない以上、お前は車内を調べられない。それで帰宅した時に家の中へ移したんだ。……お前が買ってきた、トイレットペーパーの予備があるだろう。あの袋をカッターで切って、ロールの隙間に押し込んだ」

「……な、なんやて!?」

ぽかんとしたあと、仁希は猛然と食ってかかった。

「置き場所を変えてない、今後も変えへんて言うたやろ! オレが買うてきたモンの中へ隠したんやったら、動かしたんやないか!」

「家の中に置いた場所からは、動かしていないと言った。それまでは車の中にあったのを家に移した、その最初の置き場がトイレットペーパーの中だ。……嘘はついていない」

「そんなん屁理屈や!」

「近頃はうっかりしたことを言うと、すぐ医療訴訟になるからな。ぼかした言い回しが自然と得意になる」

確かに言葉の意味を吟味《ぎんみ》すれば、嘘ではない。だがまさか、自分が買ってきた消耗品の中にあるとは思わなかった。

「もう二、三個使っていたら、気がついただろうにな」

固まっている仁希を見やって哀れむように言ったあと、津賀はつけ足した。

「長谷川のことは、お前にとっては完全なとばっちりだ。だから、迷惑料に渡す。だが撮ったあとすぐに消去したから、何も入っていないぞ」

「消去ォ!?」

津賀らしくもなくまともな『迷惑料』という言葉が意識に引っかかったけれども、それよりも『消去』に頭をぶん殴られた気がした。

「マジか！　ていうか、ほんまにこのカードか!?　あの時記録したんは別のメモリーカードで、どっかへ隠してあるんちゃうやろな!?」

「そこは、信用するかどうかの問題だ。……基本的に、撮った物はすぐ消している。ネットに流したりもしていない。面倒くさいことは嫌いなんだ」

津賀の顔は真面目そのものだ。

この表情を信じてはいけない、と仁希は自分を戒めた。夜の公園で会った時もこの顔に騙され、うかうかと誘いに乗って家までついてきて、ひどい目に遭ったのだ。

けれど、今の津賀は嘘をついていないという気がする。根拠はないけれど、そう感じる。

メモリーカードと津賀の顔を見比べ、口ごもりながら仁希は問いかけた。

「な……なんのために撮ってん、それやったら」

「味つけだ。撮られていたから、お前は余計にいやがって反抗しただろう？　いやがる相手でないと、楽しめないんだ。……だがビデオを一人で眺めて喜ぶような、不気味な趣味は持っていない」

「傍迷惑な趣味の持ち主が言うことかっ！」

ビデオ鑑賞の方が、レイプ趣味よりは他人への迷惑度は低いはずだ。

とはいえ、津賀が一人で自分の撮った画像を見ながら息を荒らげ目をぎらつかせるというのも、考えにくい光景だった。津賀の本領は、相手がいてこそ発揮されるような気がする。

「なんにせよ、お前の映像を撮ったビデオは最初からなかったんだ。居座って好きなだけ捜すのもいいが、時間の無駄だ」

そう言うと津賀は、仁希のそばをすり抜けて冷蔵庫の前に立った。

背を向けたまま、言葉を継ぐ。

「これで気がすんだだろう。出ていけ」

仁希は返事をしなかった。

今、耳で聞いた言葉の意味が、脳に入ってこない。

扉を開けて缶ビールを取り出しながら、津賀は繰り返した。

「もう、ここに用はないはずだ。出ていけ。……まあ、雨だし時間が遅いし、今夜だけは泊まっていってもいい。だが朝になったら、出ていくんだ」

「……なん、や。それは」

突然の勝手な言い渡しに、仁希の声はうわずった。

自分でもこの家を出ていかなければいけない、津賀のそばを離れなければならないと、感じてはいた。そうでなければ、自分の心がおかしくなっていきそうな気がしたからだ。

けれどこんなふうに突然、津賀の方から命じられるとは思っていなかった。

(……やっぱり、そうなんか？　センセにとっては、オレはどうでもええんか？　そやからこうやって、ゴミを放り捨てるみたいに……)

仁希自身、津賀のことなど別になんとも思っていない。そのはずだった。なのに今こうして向こうから切り捨てられてしまうと、とても悔しい。

缶を開ける音が、二人きりのＬＤＫに響いた。

津賀は冷蔵庫の脇に立ったまま、黙ってビールを呷っている。その横顔に向かい、仁希は問いかけを絞り出した。

「なんでや。なんでいきなり……」

「理由なんかどうでもいいだろう」

「ええことない！　だいたい、俺が出ていったら、ここの片づけをどうするつもりや!?」

「勝手なこと言うな！　それやったら、なんでわざわざオレを回収に来た!?　最初から業者に頼んだらよかったのに……」

ふと、仁希の言葉が途切れた。

本当に、なぜ津賀は氏家に協力させてまで、自分を連れ戻したのだろう。ハウスクリーニングの業者を呼ぶことぐらい、津賀が思いつかなかったはずはない。

それなのに、どうして——。

「なんで最初から、そうせんかったんや……？」

ビールの缶を持ったまま、津賀が振り返った。しばらく黙って仁希の顔を眺めたあと、呟いた。

「お前の言うとおりだ。最初から、業者を呼ぶことにすればよかった。……お前を連れ戻しにいったこと自体が、俺らしくなかった」

まだ酔ってはいないはずなのに、『私』ではなく『俺』になっている。気持ちが揺らいでいる時の、津賀の癖だ。

「お前は何度も言ったな。『そういう趣味は傍迷惑だから直せ』と。……わかっている、お前の言うとおりだ。自分でもわかっている。社会生活には不適格だ。だから、直そうとした。人に感謝される職業として医者を選んだし、おとなしくて従順な女と結婚してもみた。形から普通の生活に入れば、自制できるかと思ったからな。……それでも駄目だった。どうしても、駄目なんだ」

初めて会った時、津賀の眼を、光の届かない深い湖に似ていると思った。けれどあの時と違って、底に感情の揺らめきが見えるような気がするのは、自分の思いすごしだろうか。

津賀は口角を引き歪めた。苦笑の表情に似ていたが、眼は笑っていない。

「どうしても無理だとわかって……開き直ることにした。俺は俺で、好きなようにやる。俺にひどい目に遭わされた人間は、好きなように報復すればいい。暴行傷害殺害、なんでも好きにすればいい。そう決めた」

「そのわりに、オレが仕返ししようとしたら、ムッチャ邪魔された気ィするんやけど」

邪魔どころか、返り討ちにされたというのが正しい。

「警察に通報したりはしないという意味だ。殴りかかってくるとわかっていれば、その前に殴り倒す。積極的に協力するようなマゾっ気はないからな。……だいたいお前のやり方は拙劣だ。詰めが甘い。下手すぎて、とても黙って見てはいられない」

「ほっとけ！」

「とにかく、俺を憎んでいるのは長谷川ばかりじゃないんだ。お前がここに住み込んでいると、また他の誰かが押しかけてきて、鉢合わせするかもしれない。これ以上、とばっちりを食うのはいやだろう」

仁希の心臓がひときわ大きく拍動した。

なんなのだろう。まるで津賀に仕返しにきた誰かが仁希に巻き添えを食わせるのを、懸念しているように聞こえる。そんなことを気にする人柄ではないはずなのに。

「それを、気にしてんのか？」

「別に……」

曖昧に答えて津賀は飲み干した缶をシンクに置いた。仁希の横を通って、ＬＤＫを出ていこうとする。

（別に、と違うやろ。はっきり言え、アホ）

ここで、不明瞭な返事のまま終わらせてはならない。仁希は津賀の腕に手をかけた。

「オレがそんなん平気やて言うたら？　長谷川につかまったんはオレがミスったからや。自分の判断で出てきた結果を、他人に押しつける気はないで。……それでも、オレに出ていけ言うんか」

「なんのためにここに居残るつもりだ、もう理由はないはずだ！」

津賀が声を荒らげ、仁希の手を振り払った。

だが、そんなことでは引き下がれない。一歩踏み込み、今度は胸倉をつかんだ。

「センセこそ、なんでそんなにオレを追い出したいんや⁉　今までオレにどれだけのことをしたと思うねん！　人をさんざん振り回しといて、カード渡してハイ終わりで片づくと思てんのか‼」

真正面から見据えると、津賀の瞳が迷いをたたえて揺れた。勝手な言い草なのは自分でも承知しているのかもしれない。

胸倉をつかんだまま、仁希は言いつのった。

「理由を言え。ちゃんと、説明せェや」

視線を逸らすことなど許さない。曖昧に終わらせてたまるものか——そう心で念じて、仁希は答えを待った。

短い沈黙のあと、津賀はぽつりと呟いた。

「お前がここにいると……俺はまた、俺らしくないことをしてしまうかもしれない」

かすれた声を聞き、仁希の鼓動が早くなった。

きっと自分を連れ戻しにきたことを指して、言っているのだろう。盗られて困るようなものは何もないと言い、誰のこともどうでもいいような顔をしていた津賀が、氏家に借りを作ってまで、長谷川のマンションへ来た。

津賀も自分と同じように、心のどこかが変わっていくと感じたのだろうか。それに不安を覚えて、仁希を突き放そうとしているのだろうか。

つまり、津賀が自分を——いや、自分もまた津賀を——？

（ち、違う。センセのことは知らんけど、オレは絶対違う。そやけどこんな中途半端な形で、終わりって……そんなん、ないぞ）

考え込む間に手の力がゆるんだのか、津賀が仁希の手を外させた。

「もう、いいだろう。明日の朝には出ていくんだ。わかったな」

背を向け、ＬＤＫの出口へ歩き去ろうとする。

その後ろ姿をにらみつけ、仁希は唇を噛んだ。

よくない。断じて、よくはない。ここで終わったら自分は負けっぱなしだ。一方的に終わらされてたまるものか。

自分でもどうかしていると思う。津賀の言うとおりに別れてしまうのが、平穏な生活へ戻るための一番いい方法だと、わかっている。

それでも——いやだ。

こんな中途半端な決着など認めない。逃げることなど許さない。津賀にも、自分にも。

勝負はまだこれからだ。

心が決まった。呼び止める声が、真剣な怒りとともに唇の間からこぼれ出た。

「ふざけんな。何を一人で完結した気になってるんや」

津賀が眉間に縦皺を寄せて振り返る。その顔をにらみつけ、仁希は言いつのった。

「だいたい、それが人にものを頼む態度か。……オレに出ていってほしかったら、土下座して頭を床へすりつけて頼め」

「なんだと……」

「自分らしィないことをすんのがいやか。自分が変わりそうで怖いんか。それこそ、キャラに合うてないぞ。オレを出ていかせたかったら、逃げ出したいと思うだけのことをやってみせェ。オレは出ていかへん、まだ勝負はついてないんやからな！」

「うぬぼれるな。ずっと犯られっぱなしのくせに」

「助けにきたんは、オレに一緒にいてほしかったからやて、正直に言え。それを認めるんが怖いから、傷が浅くてすむ今のうちに出ていかせようとしてるんやろ。はっきり言えや！」

「ふざけるな‼」

痛いところを突いたのだろうか。津賀がすぐそばのサイドボードへ手を伸ばし、置き時計を投げた。

仁希はよけなかった。当たるなら当たれと思った。

時計は頬をかすっただけで、床に落ちた。

口元に笑みが浮かぶのを仁希は自覚した。当たるなら当たれと思ったものの、怪我をしないですめば、その方が助かる。そしてわずか三歩の距離なのに外れたこと、いや、顔を外して津賀が投げたことが、自信を深めた。

一歩、二歩と前へ出た。

「その程度か。どうせやったら顔のど真ん中を狙え。遠慮は要らんで。オレが自発的に出ていくようにしてみ。殴るなり、犯すなり、好きなだけやってみせェ」

「怪我をさせるのは嫌いだ。仕事が増える」

「それやったら、得意なやり方でやったらええやん。……勝負はまだついてない。オレが尻《しっ》尾《ぽ》巻いて逃げるか、センセが正直な気持ちを口に出すかや」

「正直に言っている。出ていけ」

「強制終了しようとすんな。長谷川のマンションで、オレになんて言うた。まだゲームの途中や、勝手に終わらせんなって言うたやろ。勝手にリタイアしたら、それ相応のペナルティがあるってな。自分は例外やなんて、身勝手な台詞は許さへんぞ」

「だったらどうする。殴るか？　一発くらいなら黙って殴らせてやってもいい」

「アホか。覚悟して身構えてるヤツを殴って、なんの意味があるんや」

最後の一歩を詰め、津賀の顔を至近距離で見上げて、言った。

「いつか負かしたる。覚えとけ」

津賀が着ているパジャマの襟を両手でつかみ、仁希は背伸びをした。

顔が重なる前の一瞬、津賀の目が大きく見開かれたのを見て、満足した。意表を突いてやったという達成感だ。

目を閉じ、唇を触れ合わせた。

考えてみれば、口づけたのは初めてだ。今までは体を重ねただけで、心を通わせる関係ではなかったから、キスをする理由もなかった。

(……いや、別に今かて、センセを好きなわけやないけどな)

慌てて心の中で訂正を入れた。好きなわけがない。惹《ひ》かれてもいない。

ただ、勝負がまだついていないのだ。

津賀に勝ちたい。

喧嘩では難しそうだ。セックスで優位に立つのも、無理がある。けれど気持ちを揺さぶることならできるかもしれない。

あの皮肉っぽい冷笑を崩したい。意表を突いて驚かせたい。誰にも執着しないというポーズを、根底から揺さぶって、逆転してやりたい。現に今日は、津賀に自分らしくないことをしたと認めさせた。そして今も、驚きに目をみはらせることができた。

(オレは……オレは別に、センセなんか好きやない。違うぞ。絶対)

そう思いながら、津賀の薄い唇の間へ、舌をすべり込ませる。歯列を探ると拒む様子もなかったので、そのまま中へ侵入した。

舌をからませると、かすかにビールの味がした。味わいながら、心の中で繰り返した。

(オレは好きでもなんでもないいんや。そやけど……センセにはいつか、言わせたる)

一緒にいてくれ――と。

それこそが、津賀に対する最大の勝利になるだろう。

「……ふ、ぅっ……」

顔が離れた。仁希は深く息を吐いた。

津賀が、薄いレンズの奥から自分を見下ろし、溜息混じりに呟く。

「こんな下手なキスにつき合わされるとは思わなかった。ひどい罰だな」

「なんや、それはーっ！」

強烈な皮肉にむかっ腹を立ててどなった。

「舌の使い方がぎこちないし、口だけと思っているあたりがまだまだ甘い。おまけに相手の条件をまったく考えていないだろう。眼鏡をかけたままでは、鼻当てのパッドが当たって痛いんだ」

本当に痛かったのか、津賀は眼鏡を外して鼻の付け根を指で揉んでいる。軽蔑《けいべつ》しきった目つきで仁希を見て、言葉を継いだ。

「十点満点の、せいぜい三点だ」

「ううぅ……」

返す言葉を思いつけずに、仁希は歯嚙みした。『驚かせる』のはいいが、『あきれられる』のは本意ではない。かといって、今更誰かと練習できるようなことでもない。

「何を一人前にへこんでいる、初心者」

「初心者て言うな！」

ムッとして顔を上げると、眼鏡を外したままの津賀の顔が、至近距離にあった。

驚く暇さえ、与えてもらえなかった。

「いいか、自分から仕掛けるならこのくらいのことはやってみせろ」

「何が……んっ！」

抱きしめられた。もう一度、唇が重なった。

ついばむように唇を甘嚙みしたあと、津賀の舌が、口腔《こうこう》へ入ってくる。舌をからませるのかと思ったら、焦らすように軽く触れただけで、口蓋を舐め上げられた。

すっと、そのまま離れていきかけて——えっ、と思った瞬間、また強く押しつけられる。

津賀の指が自分の頭を押さえている。ごくわずかに、髪を撫でるように動く。そんな些細な愛撫が、背筋がざわつくほどに気持ちいい。

(ヤバッ……くそ、なんでこんな、うまいねん……)

自分の感覚が、いつもの百倍以上も鋭敏になっている気がする。

心臓が早鐘を打つ。

唇が離れた。けれども、抱きすくめた腕をゆるめてはもらえなかった。津賀の唇が仁希の耳たぶに触れた。

「この程度で限界か？」

嘲笑混じりの声を吹き込まれ、カッとなって言い返した。

「えェ気になるな。そんなもんで、誰が……」

「どうだか」

「ご……誤解すんなよ。驚かせたろと思てキスしただけや。オレはセンセなんか、好きでもなんでもないんやからな」

「気が合うな。俺もだ」

「……くぅっ！」

耳孔を舌で犯して仁希をのけぞらせたあと、津賀は再び口づけてきた。

体の力が抜けて、抗《あらが》えなかった。

気がつくと、津賀の片脚が腿の間に割り込んできていた。つまり、自分の股間が津賀の脚に当たっている。体を離そうにも、ウエストに回った腕がゆるむ気配はない。

仁希は身をこわばらせた。

（うわ……ヤバイ。マジで、キテる……）

体の中心が熱を帯び始めていた。反応してはならないと思えば思うほど、昂ぶってしまう。

津賀の舌が、誘うように歯列を舐めた。

自分の体の変化に津賀が気づかなければいいと願い、けれどきっと気づかれているだろうと感じ、唇が離れたあとでまた強烈な皮肉を言われるだろうと諦めながら――仁希は歯列を割り、もう一度舌を迎え入れた。


結局、仁希が出ていくという話は立ち消えになった。

今までどおり、津賀は津賀で朝になれば出勤し、仁希は仁希で適当に起き出して、掃除をする。メモリーカードを捜すという目的はなくなったが、長谷川のせいでせっかく片づけたLDKや津賀の寝室が、またもや荒れ放題になった。やることはいくらでもある。

そして土曜日の朝だった。昨夜、屋根裏の片づけという大物に手をつけた仁希は、疲れきってぐっすり眠り込んでいた。

「……起きろ、仁希」

頭の上から、津賀の声が降ってくる。が、部屋のドアには内側から鍵をかけてある。部屋には入ってこられないはずだ。つまりこれは夢で、もっと寝ていても構わない。それにしても、夢の中に現れてまで、偉そうな口を利く男である。

「ほっとけや。オレ、まだ、眠……」

「起きろと言っているのが、聞こえないのか」

「あだっ！」

顔の上に何か降ってきた。硬い物ではなかったが、重い。

「もう十時だぞ。寝穢《いぎたな》いにもほどがある」

「……うわぁあああ!?」

ようやく夢ではないと気づいて、仁希は跳ね起きた。

津賀がすぐそばの床に立って、自分を見下ろしている。

自分の横の床には、客用座布団数枚を詰めた布ケースが転がっていた。これを顔の上に落とされて、目が覚めたらしい。相変わらず、やることが無茶苦茶だ。

だがそのことよりも、津賀がここにいる理由がわからない。

「なんで!?　なんで部屋の中におるんや、オレはちゃんとドアに鍵かけて……!!」

「家主がマスターキーを持っているのは当然だ」

仁希は色を失った。寝ぼけていた意識が一気にクリアになった。

部屋に逃げ込んで鍵をかければ安全と思い込んでいたが、津賀はいつでも好きな時に、自分を襲うことができたのだ。今までそうしなかったのは、単なる気まぐれだろう。

「顔を洗って身支度をしろ。出かけるぞ」

「へ?　どこに?」

「昨日、洗面所で言っただろう。お前が使うベッドを買いにいくんだ」

そう言われれば、昨夜風呂を出たあと髪を乾かしている時、津賀が万年筆のインクがついた手を洗いにきて、何か言っていた。ドライヤーの音が大きくてよく聞こえず、あとで尋ねようと思っていたのに、結局そのまま忘れて寝てしまったのだ。

「ち、ちょっと待ってや」

思いがけない話に仁希はとまどい、口ごもった。

「ベッドて……高いやん」

「ブランドバッグや宝石類に比べれば、ずっとましだ。……以前から、ゲストベッドの一つぐらいは必要かと考えていたところだった。この部屋に大物家具は入らない。寝場所にはどこか別の部屋を選べ」

どうやら津賀はこの家の中に、仁希のための居場所を作ってくれるつもりらしい。

祖母と暮らしている間はともかく、それ以降は、仁希のための場所はなかった。母の家に引き取られたあとはいつも、余計者《よけいもの》のような気がしていた。家出して、知り合いの部屋を泊まり歩くようになってからも、所詮《しょせん》は居候の仮住まいで、すぐに出ていかなくてはならないのだと感じていた。

津賀の家に来てからもそうだ。どの部屋を使ってもいいと言われたのに、わざわざ一番狭いところを選んだのは、居心地のいい状態になじむことを恐れたせいだ。

(オレの部屋、か……そんなん、今までずーっと持ってなかったのに)

動揺したのを隠そうと、わしわし髪をかき回して、仁希は憎まれ口を叩いた。

「へっ。家具を買うてでも、オレにこの家へ残っててほしいわけやな？」

「お前の値打ちはベッドの代金レベルか。安い奴だ」

言葉尻を捕らえられて、鼻で笑われた。

「いやなら使うな。どちらにしろ、ゲストベッドは買うつもりだ。……でないと氏家が、私のベッドにもぐり込んでこようとするんだ」

「なんや、それ！　あのウジウジくんと共用てか!?　そんなんイヤやぞ、オレは！」

「あいつを泊めた時は、そうなる。いやならさっさと逃げ出せ」

「誰が逃げ出すかっ！　言うたやろ、まだ勝負は……」

「わめいている暇があったら、顔を洗って早く着替えろ。飯は外ですませる」

津賀は自分の言いたいことだけを言い、部屋を出ていった。

仁希は溜息をついて、髪をかき回した。

(まあ、えェか。腹減ってるし……自分が使うモンやったら、自分で選びたいし)

結局、津賀の運転する車で家を出て、喫茶店で朝昼兼用の食事をすませたあとは、家具屋へ向かった。家具を自分で選ぶのは初めてで、不思議なくらい楽しかった。買ってもらえるのはベッドだけかと思っていたら、津賀は机の一つぐらいあった方がいいと言って、小型の机と椅子のセットも仁希に選ばせた。

支払いを津賀に任せ、仁希は一足先に店を出た。

（なんかマジに、あの家へ『住む』ていう感じがしてきたな……）

照れくささくはあったが、その実感は決して不快ではない。歩道に立ち止まって大きく伸びをした時だ。

「……仁希！　仁希、捜したよぉ!!」

「げ!?」

聞き覚えのある声に、背筋が総毛立った。反射的に逃げようとしたが、その時には右手をつかまえられている。

「く、桑山!?」

「仁希、ひどいよ！　すっごい捜したのに！　蹴られたことなんか、オレ全然怒ってないからさ。気にしなくていいよ。帰ろ？」

「アホかっ！　『帰ろ』と違うやろ、オレはなァ……放せ！　放せって!!」

振り払おうとしたが、桑山はがっちりと右腕をホールドして、頬ずりでもしてきかねない勢いだ。向こうずねを蹴りつけたが、まったくこたえた様子がない。それどころか、羽交い締めにされてしまった。

通りかかる人がこちらをちらちら見ていくが、関わり合いになるのをいやがってか、足を止めようとはしなかった。

「放せ言うてるやろ、ボケーっ！」

必死で暴れていたら、家具屋の自動ドアが開き、支払いをすませた津賀が出てきた。桑山につかまっている仁希を見て、眉をひそめる。

「道端で何をじゃれている?」

「じゃれてないーっ! どう見ても、イヤなヤツにつかまってる状態やろ! たす……」

ハッと気がついて仁希は言葉をのみ込んだ。ここで津賀に助けを求めたら、あとが怖い。何を言われるかわからない。

状況を察したはずなのに、津賀は手を出そうとはせず、にやりと笑った。

「たす……なんだ? よく聞こえなかった」

「わかるやろが! 前に居候してた部屋の……こいつはスッポン並みにしつこいねん!」

「知り合いか。その男と遊びにいくんだな。なら、先に一人で帰るとしよう」

わかっているくせに、仁希を置いて、店の裏にある駐車場へ足を向ける素振りをする。

「この根性曲がり!! くそっ……助けてくれて言うてるんや!」

やけくそで叫んだら、ようやく津賀が動いた。

桑山に近づき、肘のあたりをつかむ。どこかのツボを押さえたらしく、短い悲鳴と同時に、仁希をつかまえていた腕がゆるんだ。

「痛いっ! 何するんだよ!? 誰だ、あんた?」

その間に仁希は逃げ出し、数メートルの距離を取った。一瞬、津賀の後ろへ回ろうかと思ったが、やめた。津賀のことだから、気まぐれを起こして仁希を桑山に引き渡さないとも限らない。

桑山の体格にひるむ様子もなく、津賀は生活指導の教師めいた口調で言い聞かせている。

「仁希の雇い主だ。仕事が残っているのに、うちのハウスキーパーを連れ出されては困る。それに本人が拒否しているんだ、諦めろ」

「違う、仁希は照れてるだけだよ！　オレは親友なんだから!!　仁希、こんなオヤジほっといて……いたたたたっ！」

ツボを押さえた津賀の指に力が加わったらしく、仁希の方へ近づこうとした桑山が情けない声をこぼした。足の力が抜けたのか、尻餅をつく。

その腕を軽くねじ上げ、津賀が宣告した。

「これ以上しつこくつきまとうなら、腕が数日しびれる程度ではすまなくなるぞ」

「い、痛いよ！　痛いっ！　わかった、わかったから放して!!　ごめん、もうしません！」

「わかればいい」

そう言ったあと津賀は身をかがめ、路上に座り込んでうなだれた桑山に何か話しかけた。

（……なんやろ？　何を言うてんねん）

気にはなったが、それを聞くためにわざわざ戻ろうとは思わない。桑山の半径三メートル以内には近づきたくないのだ。さっきつかまれた腕に蕁麻疹《じんましん》が出ないのが不思議だった。

店の裏手にある駐車場へ向かって、普段より速度を落として歩いた。長身で歩幅が大きい津賀はすぐに追いついてきた。

並んで歩こうなどという気はないらしく、さっさと仁希を追い抜く。離されまいと歩く速度を上げて、仁希は後ろから問いかけた。

「さっき、桑山に何を言うてたんや？」

「気になるか？」

「いちいちそういう嫌味な言い方すなっ。気になったから訊いてるんやないか」

肩越しに振り向いて薄く笑ったあと、津賀が言い出した。

「三択だ。当てたら、さっき助けた分の貸しを帳消しにしてやろう」

「マジか!?」

「ああ。好きなのを選べ。A、今調教中。命令に従うようになったら貸し出してやる。B、今度仁希が逆らったら罰として貸し出してやる。C、そのうち、薬で眠らせた仁希の部屋に夜這いをかけさせてやる。D、あれは私の……」

「どれも要らんわ、そんなもん!!」

津賀が口をつぐみ、視線を前へ戻す。小さく笑ったのが聞こえた気がして、仁希はふと気がついた。

（あれ？　今、なんか別の言葉が続いてなかったか？）

慌てて尋ねた。

「なあ、三択やろ？　今、Dて聞こえたけど……」

「ABCからの三択とは言わなかった。BCDとか、あるいはDEFからの三択だったかもしれない」

「ちょっと待て！　そんな卑怯なやり方あるかァ！」

「最後まで問題を聞かないお前が悪い。解答権を放棄した時点でゲームオーバーだ。さて、助けてやった貸しはどういう形で返してもらうかな……」

勝手なことを言う津賀の背中をにらんで、仁希は歯ぎしりした。

（くそったれ……マジでむかつくヤツや）

だが、Dの選択肢で津賀は何を言いかけたのだろう。『あれは私の……』と聞こえた。

（『あれ』て、話の流れからしたらオレのことやな。なんて言うたんや。オレを……どう思てるんや）

尋ねたところで、まともな答えが返ってくるとも思えない。

駐車場に着いた。津賀がスーツのポケットからキーを出す。仁希はなんの気なしに空を見上げて伸びをした。

ずれた長袖Tシャツの袖口から出た左腕に、視線が留まった。

津賀に縫われた傷は、赤く細い一本の線になって残っている。当初に比べると色が褪《あ》せたようだ。このまま日がたてば、ほとんどわからなくなるだろう。

思えば、これが始まりだった。

気圧されて、殴り倒されて犯されて、妙な成り行きから同居を始めて、思いがけず、津賀の心に古傷らしいものがあるのに気づいて——。

その傷の正体を自分が知る日は、来るだろうか。

ドアを開ける音が聞こえた。目を向けると、津賀が運転席へ乗り込むところだった。目で促され、仁希は助手席へ回った。車内へ体をすべり込ませて、ドアを閉めた。

そっと横顔を盗み見た。

(……黙ってたら、男前なんやけどな)

鋭利な横顔。光の届かない湖底を連想させる瞳。顔に似合わず、喧嘩が強いこと。金遣いの綺麗さ。仁希の祖母の件で、すぐに詫びてくれたことなど、結構、いいと思う点もある。ただ、それらすべてを粉砕する欠点を持っているのが、問題だ。

(そやけど……負けっぱなしでは、終わらへんぞ)

いつか津賀に言わせてやる。『一緒にいてくれ』でも『好きだ』でもいい、とにかく皮肉ばかり飛ばすあの口から、自分が必要だと言わせてやる。その時どう答えるかはまだ決めていない。『冗談やない』と突っぱねるのか、『そんなに必死で頼むんやったら、しゃあない』と恩に着せるか。

自分でもまだ、わからない。

車を道路へ出すために左右を確認している津賀と、視線が合った。

「なんだ？」

「……な、なんでもないっ」

仁希は急いで横を向き、窓の外へと目を向けた。

空はソーダアイスを思わせる優しい青さに晴れ渡っている。その空を背景にして、トンボが二匹、銀色の翅《はね》をきらめかせて飛び去っていった。追いかけ合いをしているようにも、空中戦のようにも見えた。

なぜともなく口元がゆるんだ。

（……オレはセンセなんか好きやない。全然、好きやないぞ。……けど）

今はこうして、一緒にいよう。

心の中でそう呟く仁希と、黙って運転している津賀を乗せ、車は秋空の下を疾走していった。

あとがき

こんにちは。矢城米花と申します。このたびは『センセなんか、好きやない！』を手に取っていただき、ありがとうございます。

デビュー作、『妖樹の供物』のあとがきにも書きましたが、私の萌えの方向は、とてつもなく偏っています。「無理矢理」や「凌辱」が好きで、それでいて体を傷つけるのは気が進まず、「痛めつける」よりも「辱める」に萌えるという趣味の持ち主です。

そういう人間が萌えのままに突っ走って、この本ができあがりました。

担当さんをして、

「仁希以外は変な人ばかり……？」

と言わしめたとおり、受け（？）主人公の仁希が、一番常識的な感覚の持ち主です。

とはいえ彼もヤンキーなので、ちょっと斜めに傾いています。まして攻め主人公の津賀は、歪みきっております。

こんな二人の気持ちが、簡単に通じ合うわけもなく……はたしてこの話をボーイズラブといっていいのでしょうか。

何しろどちらも気が強いです。譲りません。

仁希は、自分か相手が死にかけるほどの事態にならない限り、「好き」とは言えない意地っ張りです。

まして津賀は、死んでも「好き」なんて台詞は言わないタイプです。もしも武器を突きつけられて、誰々が好きだと告白するか、死ぬかを選べと強要されたら、選ぶ道は一つです。……武器を奪い取って、脅迫者に報復します。それも倍返しで。

照れや羞恥で告白できないのではなく、津賀は、自分が他人を好きになることがあるとは信じていません。「気に入る」、「目的、用途にかなう」が、対人感情の限界です。

そんな彼の考え方を、いつか誰かが——って、話の構成上、仁希しかいませんが——変えてやれるのかどうか。

もしもこの話の続きを書く機会を、与えてもらえるならば……せめて「好き」の「す」

くらいは表明させるとか、もう少し気持ちのこもった接触があるとか。そんな感じで、わずかでも進展させたいと願っています。

……あくまで、機会を与えてもらえればという、野望ですけれども。

イラストのすがはら竜先生、素敵なイラストをありがとうございました。キャラに萌えたというお言葉が嬉しかったです。

そして担当S様はじめ編集部の皆様、大変お世話になりました。その他、印刷、流通、販売……とにかく刊行に際して御尽力いただいた方々に、厚くお礼を申し上げます。

現在、雑誌連載となる中国風ファンタジーを書いている最中です。この本を読んでくださった皆様と、再びお目にかかれるなら、嬉しく思います。

これからもどうぞよろしくお願いいたします。

矢城米花

http://haruka.saiin.net/~ginger_ale/index.htm

＊本作品は書き下ろしです

CHARADE BUNKO
センセなんか、好《す》きやない！

［著　者］矢城米花《やしろよねか》
［発行所］株式会社 二見書房
東京都千代田区神田神保町1－5－10
電話　03（3219）2311［営業］
03（3219）2316［編集］
振替　00170－4－2639
［印　刷］株式会社堀内印刷所
［製　本］ナショナル製本協同組合

落丁・乱丁本はお取り替えいたします。
定価は、カバーに表示してあります。

ISBN4－576－06173－9
http://charade.futami.co.jp/

CHARADE BUNKO

スタイリッシュ＆スウィートな男たちの恋満載

矢城米花の本

夜ごと行われる樹と氏子による淫蕩の儀式の正体とは…

妖樹の供物

イラスト＝みなみ恵夢

とある旧家を訪れた大学生の譲は、家の守り神である妖樹の生贄として拉致される。夜ごと触手のような蔓に犯された後、おこぼれにあずかろうとする男たちに凌辱される譲。ただ一人、ご神託を告げる立場にある他来は輪姦に加わらず、哀れな譲を愛おしく思うようになるが…。